ベリーズ文庫

冷酷な天才外科医は湧き立つ激愛で新妻をこの手に堕とす

にしのムラサキ

STARTS
スターツ出版株式会社

目次

冷酷な天才外科医は湧き立つ激愛で新妻をこの手に堕とす

特別書き下ろし番外編

冷酷な天才外科医は湧き立つ激愛で
新妻をこの手に堕とす

【プロローグ】

厭《いや》な男だと思った。最低な人間だと。人の心なんてない、悪辣な人だって。

「あなたみたいな人間が医師だなんて、間違っていると思います」

私の言葉に、その男は——貴志川透吾《きしがわとうご》は眉ひとつ動かさなかった。ただ私を見据え、実験の経過でも観察するかのような冷静な視線を向けてくる。男性的な力強い端正さと、どこか女性的にも思える艶やかさが不思議なほど調和している人だ——そんな彼の目は、どこまでも冷やかだった。

心底、腹が立った。一介の病棟クラークである私の言葉は、敬遠されつつも若き天才外科医などと持ち上げられもてはやされ、いい気になっているこの男には、決して届かない。

睨みつける私をしばらくそうやって眺めた後、ふ、と貴志川先生は私から目を逸らし、歩きだす。背を向ける瞬間ちらりと見えた端整な眉目は、すっかり私から興味を失っていた。カッとしてその広い背中に向かって声を荒げる。

「ちょっと！　まだ話は」

ほかに誰もいない、シンと冷えた夜の廊下でぴたっと彼は立ち止まる。それから
ゆっくりと、ゆったりと、鷹揚に彼は振り向き唇の端だけ上げて笑った。
獲物を見つけた猛禽のような、荒々しい感情が一瞬、ほんの一瞬だけ、その嫌味な
ほど整いすぎたかんばせに浮かぶ。
生きた人間だとはとても思えないほどに美しい顔をした男が、こんなふうに笑う
と――凄絶さを感じるのだと初めて知った。
「新宮天音《しんぐうあまね》」
「……呼び捨てにしないでください」
なんとかそう言い返す。畏怖、そしてなにか度しがたい感情が背中を粟立たせる。
威圧感に心臓が押しつぶされそうだ。ただ獲物として甚振《いたぶ》られ、弄《もてあそ》ばれる小動物の
気分を味わわされていた。
「君。養子なんだよな」
こちらに近づきつつ、彼は微笑む。目だけは相変わらず笑っていない。冷血で感情
なんてひとつもない、そんな瞳。
私は目を見開き、一瞬目を逸らしかけてすぐに顔面に微笑みを張り付けた。
「――なんのことだか」

「新宮総合病院《しんぐうそうごうびょういん》、院長夫妻が溺愛する一人娘。蝶よ花よと手を掛けられ慈しまれ育ってきた、世間知らずのお嬢様。……いま新宮夫妻は君の夫を、つまりは後継を探しているらしいな？」

内心ぎくりとしつつ、さあと首を傾げた。いったいどこでそんな話を聞きつけたのだろう。まだ内々も内々で、決していちドクターが知っているはずのない情報だった。いや、そもそも私が両親と血縁がないだなんて、いったいどこで……？

私は生まれてすぐ、両親と特別養子縁組をしている。法律上、そして書類上、私は実子として扱われている。

親戚にも母が産んだということにして伝えてあるはずだ。

「ただでさえ有象無象が君を……いや、君の両親の資産を狙っている。もし君が養子だとバレたら、そいつらはさらに貪欲になるだろうな。例えば、君を追い出して自分の子息を養子にさせるとか？　……ああ、誤解しないでほしい。俺は、君の両親がそんなこと絶対にしないだろうとわかっている。なにしろ目に入れても痛くないほどの溺愛ぶりだ。でも親戚の皆様方はどうかな？　心臓の悪い院長が、そんなストレスで倒れないといいんだが……」

すらすらと、まるで朗読でもしているかのように彼は言う。決して心配している口調ではなかった。肋骨をめくり上げられ、無理やり内心を覗き込まれているようなーーこちらの感情も思考も、すべて手に取って観察されているような、そんな目をしていた。

「あ……」

私は背中に冷たいものがあたったのに気がつき、目を瞠《みは》る。どうやらいつの間にか後ずさりし、壁まで追い詰められていたらしい。貴志川先生はそんな私の横に大きく筋肉質な手をつき、見下ろしてくる。彼はかなり背が高いので、薄目で睥睨《へいげい》されている状態だった。ぎり、と自分の奥歯が軋む音がする。

「ーーなにが言いたいんです」

彼は「いや」と目もとを緩め、ゆっくりと私の顔を覗き込んだ。小さく息を呑む。心臓の大きな拍動は、明確に私に訴えていた。この男から離れろと。なのに、舌の先がじんと痺れたようになって、言葉が出ない。

「なんでもない。ただの世間話だよ」

低く、小さく、掠れたーーでもはっきりと鼓膜を揺らす魅力的なバリトン。本当に微かにくっきりとした喉仏が上下して、彼はさらに声をひそめ、私の耳もとでささやく。

「可愛らしいお嬢様とお近づきになりたかっただけ」

そう言って貴志川先生は私から離れ、そのまま白衣を翻した。今度は振り返らず、冷たい廊下を歩き去っていく。彼の足音だけが、響き渡っていた。

——厭な男。

私は胸もとで手を握り、その背中を睨みつけながら、小さくそう呟く。全身に、じっとりと汗をかいていた。

このときの、早鐘を打つ鼓動の本当の意味を、私はまだ知らない。

【一章】悪

「それでね、凛子《りんこ》、ヒヨコのあかちゃんだっこしたの」

少し舌足らずな幼子の言葉に、私は知らず頬を緩めた。

凛子ちゃんは三歳の女の子。今日は胃の病気で入院しているおばあちゃんのお見舞いに来ていた。担当の医師と凛子ちゃんのお母さんの間で、来週に迫った手術の件で少し込み入った話になり、手の空いていた私が凛子ちゃんの世話を引き受けたのだ。

いまは談話室のキッズコーナーで、人形遊びをしながら凛子ちゃんのお話に耳を傾けているところだ。

「ヒヨコの赤ちゃん？」

「ちっちゃいからあかちゃんだよ」

ヒヨコ自体が赤ちゃんなのだと思うけれど、凛子ちゃんはどうやらとっても可愛くて小さいというのを伝えたかったらしい。うんうんとうなずいた。

「ふあふあで、ぴいってゆってた」

「ええ、可愛いねえ」

「そう。かあいかったの」

まだまだ舌足らずな凛子ちゃんはご満悦な表情を浮かべる。それから私を見て「おねえちゃんもかあいいねえ」と笑った。

「ええ？　私？」

「おめめ、おおきいし。かみもさらさらで、ながくて、ぷりんしぇしゅみたい」

ぷりんしぇしゅは多分、プリンセスだろう。高校のときなど、友人たちに似た感じで言われたことがあった。肌も白いため、白雪姫だとか、そんな感じで。

けれど、あれは外見と実際の闊達《かったつ》すぎるといわれる性格の違いをからかわれただけだった。なので、子どもの素直な褒め言葉に結構本気で照れてしまう。

「ええっ、ありがとう。凛子ちゃんもとっても可愛いよ」

「ほんと？　ヒヨコみたいに？」

「うん、ヒヨコちゃんみたいに」

実際、ふくふくとした頬も、幼児特有のツンとした唇も、ヒヨコのようでとても微笑ましい。

「うれしい。ぴぃ」

ヒヨコの真似をした凛子ちゃんは、急に少し寂しそうに眉を下げた。

「おばあちゃんにもヒヨコ、だっこさせてあげたかったなあ……」

「そうだよねえ」

私は胸の痛みを押し隠し、そっと微笑む。

凛子ちゃんのおばあちゃん、もうすぐ還暦を迎える田辺《たなべ》さんは進行性の病気だ。

もう助からないかもしれない、と考えた田辺さんは、病室でいつも凛子ちゃんへの手紙をしたためていた。自分が死んでも悲しまないでというものに始まり、誕生日のメッセージは二十歳までのぶん、入園や入学に際してのお祝い……『手術までに完成させたいの』と優しく微笑む田辺さんの頬は、投薬の影響ですっかり痩せこけていた。

もともとはふっくらとした方だったらしいから、凛子ちゃんもショックを受けているようだった。

「……ね、おねえちゃん。おばあちゃん、なおるよね？」

私はほんの一刹那言葉に詰まり、それから微笑んだ。

「凛子ちゃんのおばあちゃんの手術をするのはね、貴志川先生っていうすごいお医者さんなんだよ」

性格は最悪だけどね、と心の中で言い添えた。

院内でも冷淡で冷酷、さらには不愛想なことで有名な貴志川透吾医師は、それでも腕はたしかな消化器外科医だ。専門医の資格を取得したばかりだというのに、手技だけでなく発表する論文までトップクラス。かなり難しいらしい田辺さんの手術を自分がやると進んで引き受けたのだから、よほどの自信家だ。もっとも、実力ある自信家ゆえ、誰も文句は言えない。外科部長あたりからは目の敵《かたき》にされているらしいけれど、本人は飄々としたものだ。

「あ、いけめんのせんせい！」

私は凛子ちゃんの言葉に微妙な表情を浮かべてしまった。

そう、その通り……彼のかんばせは信じられないほど整っている。俳優、モデルでさえもかすんでしまうだろう。ただし性格がひどい。天は彼に医学の才能と見てくれの美しさを与え、代わりに性格を相当悪く設定したに違いなかった。

「そ……うだね、そのイケメンの先生。とにかくその先生、腕はいいから。腕だけは本当にいいから」

「やあ凛子ちゃん」

背後から落ちてきた少し掠れ気味の低い声に、ぎくりと肩を揺らす。

おそるおそる振り向くと、当の貴志川先生が白衣のポケットに手を突っ込み立っていた。いつもよりほんの少し視線を柔らかくして凛子ちゃんを見ている。稚《いとけな》い子どもにまで冷徹な視線を向けるわけではないらしい。

「せんせい。おかあさん！」

「新宮さん、凛子を見ていただきありがとうございました」

「あっ……いえいえ」

私は立ち上がり、凛子ちゃんのお母さんに頭を下げつつ、ちらっと貴志川先生の様子をうかがった。内心冷や汗がすごい。ものすごく嫌みったらしいことを言っているのを聞かれてしまった。

「じゃあ、おねえちゃん、せんせい、ばいばーい」

お母さんに手を引かれ、ご機嫌に帰っていく凛子ちゃんに手を振る。貴志川先生はスタスタと談話室を出ていく。私は慌てて彼を追いかけた。

「き、貴志川先生、あの」

「……急ぎの用事でも？」

「あ、いえ。そうではなくて」

「なら結構」

貴志川先生は私に一瞥もくれず歩き去っていく。……怒っているわけではなく、いつもあんなふうな、他人なんてどうでもいいといった感じだ。そんなんだから敵が多いんだよね、私は内心そう思いつつ自分の職場たるナースステーションに足を向けた。

廊下を歩きつつ、そういえばと思い出す。少し前にも、ミスをしたらしいまだ二年目の看護師を号泣させていた。詳しくは知らないけれど、手術に支障が出るようなミスではないと伝え聞いた。だが彼はきっちりとインシデント報告を上げさせ、それでも飽き足りず厳しく叱責したらしかった。

彼女の泣き声を思い出すだけでつらくなる。辞めてしまうようなことにならないといいけれど……と思いながら、ナースステーションに戻る。

私はこの病院で、病棟クラークとして働いている。都内私立病院でも随一を誇る病床数と三十を超える診療科で、区の救急指定も受けている大きな病院だ。

私はその三十の診療科のひとつ、消化器外科病棟のナースステーションに常駐し、入院患者様関係のさまざまな事務——患者様や面会希望者への対応、カルテ作成や情報管理、病室の準備や薬を除く医療用物品の手配と管理などなど、とにかく細々とした業務——を担当している。看護師さんたちの秘書的な役割と言えばわかりやすいかもしれない。

自分のデスクに戻るやいなや、仲のいい看護師の落合《おちあい》京香《きょうか》が「ねえ聞いてよ天音っ」と話しかけてきた。

「ん、なあに？」

「あいつよあいつ。貴志川透吾お〜〜」

京香ははやりの形に整えた眉を吊り上げる。

「まあたあの人なんかしたの？」

貴志川先生は医師だけでなく、看護師やその他スタッフからも敬遠されている。

その原因は、彼の冷淡な性格による人間関係の軋轢《あつれき》だけではない。指示のレベルが高すぎること、自分を決して譲らないこと——。彼はおそらく「他人は自分ほど頭がよくない」のをちゃんと理解していない。一どころか〇・五を見て十……いや、千を知るような人間と、我々凡人を一緒にしないでくれというのがスタッフ一同の本音だった。

「ひどいんだよ、貴志川先生。田辺さんっているでしょう」

凛子ちゃんのおばあちゃんのことだ。思わず眉をひそめた。貴志川先生、田辺さんになにかしたの？

「あの人、お孫さんに手紙書いているの知っているよね」

ん、とうなずいた。胸の奥がぎゅっと詰まるくらい切なく悲しい気持ちになる、優しいお手紙だ。

「それをね、貴志川のやつ。無駄だからやめろって」

「……え」

「『そんなものもらってもうれしくないと思いますが』だって！　病室のドアが開いてて聞こえちゃったの。ひどすぎるよ」

さすがに絶句した。わなわなと唇が震える。

愛想のない人間だとは知っていた。仕事上冷たくあしらわれたことは数えきれない。でも、そんな。いくらなんでもそれはひどすぎる……っ。

思わず立ち上がりかけた私の背後から、「ほらほら」と声がかかった。

「ミーティング始めますよ。新宮さんも参加して」

看護師長の野田《のだ》さんだった。四十代半ばの、頼れる女性だ。いつもさりげなくフォローしてくれ、私が院長夫妻の娘だからと特別扱いすることなく接してくれていた。

「はい」

私は立ち上がり、メモのためのノートを手に取る。まだ指先が怒りで冷えていた。

少し残業があったため、ナースステーションを出たのは午後八時をすぎた頃だった。ロッカールームを後にして、救急センターの横にある通用口を目指していると、知っている背中が目に入った。——貴志川透吾。

ぐっと奥歯を噛みしめた。よくもまあ、あんなにひどいことを平気で人に言えたものだ。それも、病気で気が弱っている人間に向かって……。

ひと言言ってやらないと、気が済まない。

私は多分、かなりお節介な性格なのだろう。小学生のとき、通学路でいじめられていた見ず知らずの女の子を庇って、男の子たちと大喧嘩になったことだってある。近くの公立小学校の子だった。当時私はカトリックの団体を母体としたミッション系の女子学校に通っていたため、駆けつけたシスターに大目玉をくらい、『あなたの正義感はやりすぎです』といさめられた。それでも余計なお世話をやめられない……大人になって、それなりに分別がつき頻度は減ったけれど、それでも今回は止められなかった。

私は「貴志川先生」と、人気《ひとけ》のないシンとした廊下で声をかける。

貴志川先生はぴたりと立ち止まった後、ゆっくりと振り向いた。またあんたか、みたいな表情が微かにその整った顔に浮かぶ。

「急ぎじゃないのなら後にしてもらえないか」

「いいえ。ただ、……ひと言、申し上げたくて」

私は彼の近くまで足を進め「人づてに聞いたのですが」と口を開いた。

「今日のお昼に手術説明をした田辺さんのことで」

貴志川先生は無言で私を見下ろしている。居心地の悪い視線だった。

「田辺さんが孫の凛子ちゃんに書いている手紙を、無駄だと切り捨てたそうですね。うれしくないだろうとまで」

「――ああ」

貴志川先生は表情も変えず続けた。

「たしかにそう言ったな。で、それがなにか?」

「……っ、た、田辺さんがどんな気持ちであの手紙を……」

「どんな気持ちだろうと関係ない。無駄なものは無駄だ。そうじゃないか」

あんぐりと口を開けた。貴志川先生は恬淡《てんたん》とした様子で、悪いと思っていないのは明らかだった。

この男には、ひとの心があるのだろうか。誰かに心寄せることがあるのだろうか。

「では失礼」

「あ」

私の声は震えていたかもしれない。怒りで、だ。

「あなたみたいな人間が医師だなんて、間違っていると思います」

キッと彼を睨みつける私を、貴志川先生はどんな感情で見ていたのだろう。

試験管の中で増殖する無害な細胞かウイルスか、その程度の感覚しか持ち得ていないのかもしれない。

そうして私は、獲物のように壁際まで追い込まれた。

「君。養子なんだよな。新宮総合病院、院長夫妻が溺愛する一人娘。蝶よ花よと手を掛けられ慈しまれ育ってきた、世間知らずのお嬢様。……いま新宮夫妻は君の夫を、つまりは後継を探しているらしいな？」

必死で動揺を押し隠す私を、彼はどんな感情で見下ろしていたのだろう。なんの話だと聞く私に彼は低く言った。耳もとで、掠れたバリトンで……。

「なんでもない。ただの世間話だよ」

心臓を鷲掴みにされた私は、ただ立ち尽くすだけ。

「可愛らしいお嬢様とお近づきになりたかっただけ」

その微笑みが明らかな嘘だということだけは、わかる。それを隠す気もないということも……。

そう、彼は「世間話」だのとのたまったけれど、それが目的ではないのは明白だった。

恐喝だ。なにかしらの脅しの種にしようとしているのは間違いない。

ゾッとした。

帰宅すると、お手伝いの浮島《うきしま》さんがぱたぱたと玄関まで出迎えてくれた。うちで夕方から夕食までの家事を担当してくれている、六十代半ばの女性だ。

病院から徒歩圏内、都内の一等地にある二階建ての洋館。その吹き抜けの玄関の天井には、豪奢なシャンデリアが輝いている。壁には私の成人式の写真が飾ってある。飾り棚には七五三の写真も、生まれてすぐの写真まで。廊下を歩くとまるで私のギャラリーのようだ。……幼稚園で描いた両親の絵までいまだに飾ってあるのは、さすがにどうかと思うけれど。

「おかえりなさいませ、お嬢様。奥様ご帰宅されていますよ」

「ほんと？」

母が家にいると聞いてうれしくなる。このところ両親が多忙で、ほとんど会えていなかった――って、親離れできていないのは私のほうか。

「それにしても、お嬢様。まあ、こんな遅くまで。わたしから旦那様に言ってさしあげましょうか、働かせすぎだって」

「やだな浮島さん、大丈夫ですよ」

私は苦笑する。二十五にもなったというのに、この家の人たちは私のことを子ども扱いするのだ。

幸いなことに、両親は私の仕事については口を挟んでこない。私がそういったことを嫌がるのをよく知っているからだろう。

自室に戻り荷物を置いた後、リビングのすぐ横にある食堂に向かう。

大きなテーブルでは、母がゆったりと緑茶を飲んでいた。

「おかえりなさい、天音ちゃん」

「ただいま戻りました。お母さん、大丈夫？　疲れてない？」

なにしろ、母を自宅で見るのは三日ぶりだ。

「ううん、難しいお産が続いちゃってねえ」

六十代半ばにさしかかろうという母は、同年代の人たちよりずっと若々しく見える。

実際体力もかなりあるほうだろう——第一線の産婦人科医として、もう何十年も働き続けているのだから。一度ならず、そろそろゆっくりしてはと提案したことがある。

けれど『ううん、やっぱりママの腕に抱かれて泣いている生まれたての赤ちゃんを見ると、とおっても幸せになるのよねえ』と首を縦に振ってはくれないのだった。

こんなに赤ちゃんの大好きな母が子どもを授かれなかったのは、結婚してすぐに発症したとある進行性の病気のせいらしかった。幸い手術後、再発もない。

別の人と幸せになって、と離婚を持ち出した母に泣いてすがったのは父だった。

それでも、大きな病院の跡取りにも関すること。とてつもないプレッシャーがあったことは想像にかたくない。親類縁者からの攻撃を避けるため、母の病気のことは夫婦の秘密にしていたそうだ。

四十歳になる頃には、子どもをつくる気がないと勝手に判断した親戚から養子縁組の話がひっきりなしに舞い込むようになった。

しかし、両親は気乗りしなかった。というのも、誰を引き取ってもお金の話になるのは間違いなかったからだ。

いっそ将来有望な若手医師を養子にして病院を継がせようか、という話まで出ていた頃。母が勤務していた産婦人科に、とある女性が駆け込んできた。

臨月の妊婦だった。

——受診歴は、ない。

まだ学生だった女性は、恋人に騙され妊娠までしてしまった。けれど両親にも友人にも打ち明けることができず、産み月まできてしまったというのである。

こうなったら産むしかない。でも育てる自信はない。さめざめと泣く女性を前に、母はなぜか、ピンときたのだという。彼女のお腹にいる赤ん坊は、自分が育てるべき子どもだと。

そうして引き取られ、育てられたのが私だ。

「天音ちゃんこそ、お疲れさま。今日外科のドクターとちょっと話したのだけれど、あなたがんばっているみたいねえ。皆さん口をそろえて褒めてくださるから、鼻が高くて鼻が高くって」

母の弾んだ声にハッと意識を向け、そうして苦笑した。

「いやだな。リップサービスに決まってる」

「そんなことないわ」

ムッとした顔で母は唇を尖らせた。

「本当よ。仕事も早いし人あたりもいいって」

私は面映ゆくてきゅっと唇を引きしめた。ふふ、と母が笑う。

「変わらないわねえ、照れるとそういう顔になる癖」

「……どんな顔？」

「とっても可愛い顔ってことだよ、天音」

母ではない声に、食堂の入口を見ると、いま帰宅したばかりであろう父が微笑んでいた。父もまた、すでに七十近いとは思えないパワフルな人だ。院長としてだけではなく、消化器外科医としても第一線で活躍を続けている。

「お父さん。おかえりなさい」

「あなた、お疲れさま」

母が立って出迎える。ちょうどその背後から、浮島さんが夕食のお皿がのったワゴンを運んできてくれた。メインは美味しそうな煮魚だ。

「今日和食ですか。うれしい」

「旦那様のぶんもすぐにお持ちしますからね」

すぐに食卓がセッティングされる。久々に三人そろっての夕食となった。

「いやあ、今日は忙しくてね」

他愛もない話をしながら、私はどう貴志川先生について切り出そうか悩んでいた。彼がなにか企んでいるとすれば、きっと病院がらみのことだ。絶対に両親には報告しておかなければ……。

「そういえば、天音。お前、貴志川くんをどう思うかい」

先に父に貴志川先生の名前を出されて戸惑う。思わず肩を揺らし「ええと」と言いよどむ。

「いったいなあに、急に……」

もしかして、彼は両親のことも脅しているのだろうか。警戒心がむくむくと湧き上がる。そんな私に、父が微笑んだ。

「どうだ、彼と見合いをしてみないか」

「……え？」

思わずポカンと父を見つめる。言葉を失った私に、母が「ええ、あなた」と不満そうな声を漏らす。

「たしかに、腕のいいドクターかもしれないわ。でも性格面で難ありだって噂を聞きます。あの人はね、わたしは反対」

「まあ、あの不愛想ぶりだからな。誤解もされやすいというか」

「誤解？」

そんなことない、あの人は本当に冷酷な——と言いかけた私に、父は困ったように眉を下げた。

「本当だよ。患者さん思いのいいドクターなんだ。今日だって、天音も知っているだろう？　田辺さんという患者さんの説得に成功していてね」

「……説得？」

　私は首を傾げた。

「なにかあったの？」

「手術をしないと言いだしたんだ」

「ええっ？」

　私は呆然とする。そんな情報は上がってきていなかった。

「公になる前に貴志川くんが説得したんだよ。知っているとは思うが、田辺さんの手術はかなり難易度が高いんだ。並みの医師ならまず二の足を踏むような……成功率だって低い。それを知って田辺さんは、手術で体力を失うより、残された時間を家族と過ごしたいと」

　私は小さくうなずく。それで田辺さんは凛子ちゃんに手紙を……。

「だけれどね、貴志川くんはこれまでに数度この手術を完璧にこなしている。学会でも発表されて注目されているんだ」

　私はムッとした。貴志川先生は、また注目を浴びたいがために、田辺さんの手術を執刀しようとしているのかもしれない。

「自分に任せてくれれば大丈夫だと、それは熱心に説得してくれてね」

「お父さん、同席していたの？」

「ああ、なにしろ注目されている手術というのもあるからね」

うなずく私に、父は続けた。

「実はね、貴志川くんは田辺さんと同じご病気でご母堂を亡くされていてね。それで、田辺さんにね、『そんなものをもらっても凛子ちゃんは喜ばない。あなた本人がいてくれたほうが何倍もうれしい。少なくとも俺はそうでした』と」

「……え、っ」

私は小さく息を呑んだ。お母様を……亡くされている。

京香が聞いた『そんなものをもらっても喜ばない』って、まさか、このときの会話……⁉

「田辺さんはお孫さん宛てに手紙をしたためてらっしゃったんだけれどね。貴志川くんは『そんなものを書いても無駄です。あなたは凛子ちゃんの成長をその目で見ることができる。俺が見せてやります』と。それで田辺さんは考えを変えたんだ」

私は目を瞠り、そうして自分が今日貴志川先生に向けて放った言葉を思い返した。

思わず口もとを押さえる。

――私は、いったいなんてことを！

断片的な情報だけで、勝手に人となりを決めつけて。……どうしよう、どう謝ればいいのだろうか。……でも。貴志川先生は私の言ったことなんか、気にしていないかもしれないけれど……でも。

ぐるぐると思考しているうちに、父になにかを言われ反射的にうなずく。弾んだ声が返ってきた。

「そうか！　受けてくれるか。見合い」

「……え」

ハッとして顔を上げる。え？　ええ？

母も「まあ仕方ないわねえ、そんなに熱心なドクターだったなんて」と緑茶を優雅に飲んでいた。私ひとり、いろいろと心中がぐちゃぐちゃだ。

「……で、でもお父さん。そもそもそんな、貴志川先生とお見合い話だなんて、どこから」

「それがだな」

コホン、と父は軽く咳払いし、そうして続けた。

「本人だよ。なんでもな、貴志川くんはお前にかなり好意を抱いているらしい。口説いてもいいですかと直接僕に言ってよこしたんだ。まあついさっきのことだけれどね。それならば一度ふたりで話させるくらいはいいかなと、まあそういうわけだ」

「まあ！」

先に反応したのは母だった。少し頬が赤い。

「意外に積極的なタイプなのね」

「もう一年ほど片想いしていると、これまた熱心に告げられてね」

私は呆然と、貴志川先生のかんばせを思い浮かべる。

――ない。絶対にない。

あの目が恋慕によるものだったなんて、とうてい思えない。

「あらあら。ねえ天音ちゃん、なにか彼から言われたりはしていなかったの？　デートのお誘いだとか」

「デートっ？　だめだだめだ、まだ早い」

頬を膨らませる父を横目で見つつ、掠れた声で「さっき」と口を開く。

「お近づきになりたい、とは……言われたけれど」

そう、そう言われたけれど……私に浮かんだのは警戒心だけだったのだ。ときめきなんてまったくなかった。

でも。

私はふうと息を吐いた。なにしろすっかり誤解してしまっていたのだ。そのせいで彼の態度や視線を疑ってかかってしまっていた可能性がある……というか、きっとそうなのだろう。罪悪感がじわりと胸を蝕んだ。

「きゃあ、やだ、積極的」

さっきまで反対していたとは思えないテンションで母がはしゃぐ。私は肩をすくめた。

貴志川先生はとても端整な顔立ちの男の人だ。将来有望、というか三十二歳という若さですでに腕のいいドクターで、誤解されやすいけれど、かなり仕事熱心でもあるらしい。

やっぱりどう考えても彼が私に恋をしているだなんて、父の勘違いだとしか思えない。でも――これは、やっと巡ってきた両親への恩返しのチャンスだ。

そう決めて、改めて私は貴志川先生との見合いを了承したのだった。

そもそも、病院の後継を探すため見合いをしたいと言いだしたのは、両親ではなく私のほうだった。両親は私を溺愛しているので、見合いさせようなんて一度も考えたことはなかっただろう。

でも、私は両親に負い目がある。

養子だというのに、本当に愛し育ててくれた。血のつながりなんて関係ないと、私も胸を張って言える。養子だと知ったときのことすら、覚えていない。小さい頃から言い聞かせられていた――『天音ちゃんを産んでくれたママは、ほかにいるの。あなたの幸せを願って、祈って、お父さんとお母さんにあなたを託してくれたのよ。愛してる、天音。わたしたちの娘になってくれて、本当にありがとう』。

ただ……どうしても、私は医師になれなかった。

高校生のとき、数ⅡBまではついていけていた授業が、数ⅢCになってまったく理解できなくなってしまった。どれだけ勉強しても赤点スレスレ、志望校の判定がB、C、Dと下がっていく。それにつられてほかの教科まで成績が下がっていった。

恐怖だった。私はドクターになって、両親に恩返ししたかったのに。

半ばノイローゼのようになった私を抱きしめ、両親は泣いた。

『お父さんもお母さんもね、天音ちゃんが幸せでいてくれたら、それでいいのよ』

『そうだ。病院なんか、継がなくたってかまわないんだからな』

そんなふうに言ってくれたけれど――。

私は、両親がどれだけ自分たちの仕事に誇りを持ち、働いているかを知っている。どれだけ病院を大切にしているかも。

結局、医学部合格は叶わなかった。将来の病院経営を見据え経済学部を選択し、卒業後は一般企業に入社し営業事務として働きながら、私は心に決めていた。いずれ見合いをして、病院を継ぐにふさわしい人と結婚しよう、と。だから、ずっと恋愛はしないようにしてきた。見合いや結婚に差し支えてはいけないからだ。

そのためにも、やはり病院のことをいろいろ知っておきたいと、クラークとして入職したのが二十四歳のとき。両親は当初私の見合いの話を聞いて反対したものの、私の強い意志を汲んでくれた形だった。

その見合いのひとりめが、まさか院内でも悪名高い貴志川先生になるとは思いもよらなかったけれど。

「――先日は、申し訳ありませんでした」

都内にある老舗高級ホテルの喫茶室で、私は貴志川先生に頭を下げた。

いまどきあまり格式ばったものはね、という父の提案で、この個室でアフタヌーンティーを貴志川先生とふたりでいただくことになったのだ。椿模様のステンドグラスが、秋の陽を柔らかく色づかせていた。アンティークの飴色のテーブルセットも、床も、これでもかとピカピカに磨き上げられている。そんなとっても素敵な空間の、テーブルを挟んだ反対側で、貴志川先生が無言で紅茶を飲んでいた。

……正直、息が詰まる。

私は会話のきっかけを必死で探し、結局開口一番に謝罪することにしたのだ。

「先日？」

「あの、私……田辺さんの手紙のことで、貴志川先生にとんでもない暴言を。その、言い訳になりますが誤解してしまっていて」

「いや」

恬淡と、そしてとても冷淡に、貴志川先生は私の言葉を遮り答えた。時間の無駄とでも言わんばかりに——けれど、抗議できる立場じゃない。私がもう一度頭を下げると、彼は表情をまったく変えずに紅茶に口をつけた。

優雅な仕草だった。ソーサーにカップを置く音がほんの僅かに耳に届く。

「……なるほど。では、ここにはその謝罪をしに？　やけにすんなりと見合いに応じたなと思っていたんだ」

じっ、と貴志川先生は私を見つめる。やはり肋骨の内側まで観察されているような、そんな落ち着かない気分になって先生から目を逸らした。こめかみのあたりに視線を感じる。

「俺にしておくといい」

突然、貴志川先生は淡々とした口調で言った。意図を捉えかね、微かに眉を寄せて彼に視線を戻す。

じっとこちらを見ているその瞳に、恋慕の色なんか欠片《かけら》もない。ついきょとんと聞き返してしまった。

「どういう……意味です」

「君の夫だ。俺が一番ふさわしいだろう」

「なぜ」

私はきゅっと唇を結び、それから「どうして」と続けた。

「どうして、私と結婚なんか……お金目あてだとは思えなくて」

「なぜそう思う？」

「あなたほどのドクターです。自由診療のクリニックでもなんでも開業すれば、自由にできるお金はうちとは桁違いでしょう」

貴志川先生は軽く肩をすくめた。そんな芝居がかった仕草も、やけに様になる。

「それからそのルックス――テレビでもネットでも、雑誌でも、あらゆる媒体で引っ張りだこになるんじゃないですか」

性格に難はあるけれど、と思いつつ続ける。

「つまり、お金のためなら私と結婚する必要はないと思うんです」

亡くなったというお母様のためだろうか。病院で立場を築き、同じ病の人をよりたくさん救いたいと、そう考えたのだろうか。それを口には出せず、ただじっと先生を見る。

貴志川先生は椅子の背に身体を預け、ぱん、ぱん、と乾いた拍手をよこす。口だけが笑みの形を描いていた。

「視野が狭いお嬢様かと思っていたが、案外と人を見ているじゃないか」

「――だからこそ、わかりません。どうして私と結婚したいんです」

お母様のためだとしたら、私と結婚する必要性はない。父の意向もあり、有能な彼には十分に裁量も自由も与えられているはずだった。貴志川先生は考えるそぶりさえなかった。

「好きだからだ」

「嘘ですよね」

間髪入れず言い返すと、貴志川先生はふっと目を細めた。おもしろいものを見つけた子どもみたいな顔をしている。

「嘘なんかじゃないさ」

私は黙って眉を寄せた。貴志川先生は飄々と紅茶を口に運び、言葉を続ける。

「あんたに付随するあらゆるものが、俺にとって喉から手が出るほど欲しいものなんだ」

ステンドグラスから差し込む色付きの影が煌めいた。――私に付随するもの。両親のバックアップ、次期院長の椅子、それに伴う院内の裁量権。私そのものに興味はないと断言されたも同然だった。

「俺を選んだことを後悔させはしない。いや、むしろ」

貴志川先生はいっそ堂々と言い放つ。

「俺の役に立てることを光栄に思うだろう」

明確な自信に裏打ちされた、一片の曇りもない瞳だった。

「――申し訳ないのですが、私、あまりにも不遜な方とは家族になれないかなと思います」

「不遜？　そう見えたかな」

すごく意外だ、みたいな表情がわざとらしくその整ったかんばせに浮かべられた。

ちょっとイラッとしてしまう。

「見えるもなにも」

「なあお嬢様」

貴志川先生はカップをソーサーに置き、行儀悪くテーブルに肘をつく。

「……そのそのお嬢様って呼び方、やめてくれませんか」

貴志川先生は微かに眉を上げ、小さく唇を上げて「お嬢様をお嬢様と呼んでなにか問題でも？」と言い放つ。反射的に視線を鋭くした私をいなすように、彼は淡々と言葉を続けた。

「そもそも、あんたはなんのためにこの見合いを受けた」

「それは……、後継の方を探すため」

「俺以上に優秀な後継がいるのか？」

「いるかもしれません」

ふ、と貴志川先生は笑い微かに目を伏せた。

「俺は、俺がもうひとりいれば、と考えてる」

「……え？」

唐突な話の転換に、ややポカンと眉を寄せた。

「もうひとりじゃ足りないな。五人、いや十人……いればいるほどいい」

「なんの話……ですか？」

「お嬢様。あんたは腕はいいが愛想の悪いドクターと、腕は悪いが愛想はいいドクター、どっちの手術を受けたい？」

「それは——腕のいいほうです」

「そうだろう？　それが患者の感覚だ。生きたくて手術に耐える。麻酔を使うとはいえ、腹を掻っ捌《さば》いて臓器弄《いじ》られるんだからな」

私はじっと貴志川先生の言葉を聞く。無駄を嫌う人だ、おそらくこれも必要な会話なのだろう。

「俺があんたと結婚して院内である程度やれる権力を身につけたら——俺はあの病院のドクターの実力を底上げする。俺と同程度の、いやそれ以上の腕を持つやつを揃えつつ、研修や指導体制を整える。どの医者にあたったかで、生き死に決められてたまるかよ」

私は呆然と彼を見つめる。こんなにしゃべっているのを見たのは初めてだった。

「あんたの父親は情に厚すぎる。いまのままじゃ改革に何年かかるかわからん。あの程度の手術でいちいち死ぬ覚悟なんかさせやがって」

それだけ言って、彼は椅子に深く座り直す。そうしてそっと瞼を閉じた。私が答えを出すのをじっと待つという風情――私は……この人と結婚するの？ こんなに、私自身にはなんの関心もない人と、絶対に幸せなんてないだろう婚姻を……？

でも、と私は貴志川透吾レベルのドクターが揃った総合病院を想像する。あの程度の手術……とは、田辺さんの手術のことだろう。

生きる希望が、そこにはある。

両親はきっと、……喜ぶだろう。

迷うことはない。私は両親に報いたい。

――貴志川透吾は理想の結婚の条件にぴったりと合う。腕がよく、頭の回転が早く、病院をさらに発展させてくれるだろう。さっきはああ答えたけれど、貴志川先生よりいい条件の相手はそうそういない。

即決すべきだ。

そう思うのに胸が痛むのは、貴志川先生の手を取るということは、私が思い描いていた理想、自分の両親のような慈しみ合える夫婦、そんなものを捨て去らねばならないことを意味するからだった。幼い理想だ。

ドクターとしての彼はともかく、貴志川透吾本人は、口が裂けても「いい人」だなんて言えない。そんな彼が優しい夫になる未来なんて、想像すらできない。

「あ……の」

貴志川先生はぱちりと目を開く。日本人には珍しい、鳶《とび》色がかった色素の薄い瞳がじっと私を見つめ、それからフッとその瞳に蔑むような色を浮かばせた。

「なんだ……見込み違いだったか」

微かな落胆がその声に滲んでいた。

私が病院のために、両親のために、患者様のために生きる人間ではないと思われた――そういう意味だろうか。とっくにその覚悟はできているのに、見くびられた気分になる。

唇が震えた。怒りなのか、なんなのか、よくわからない感情にぐっと奥歯を噛みしめはっきりと口にする。

「お話、お受けします」

瞬間、私は少しだけ抱いていた希望を捨てた。幸せな夫婦、愛される家族。――きっと彼が私を愛することは生涯ない。

私が彼を愛することがないのと同様に。

「後悔はさせない」

貴志川先生はにやりと口の片方の端だけを上げて、どこか陰のある調子で笑った。

婚約したからと言って、なにが変わるわけでもなかった。ただ、同僚の京香は話を聞いて失神寸前になりながら私の両肩を揺さぶった。

「だ、だ、だ、大丈夫なの天音……っ。これがセレブというものなの⁉ 病院のためなら愛しの一人娘でさえ悪魔に嫁がせるの⁉」

「あ、あははは、悪魔って」

病院近くのカフェで、仕事帰りに並んでケーキを食べながら苦笑する。夕食前のスイーツのなんと背徳的なこと。

でもたしかに、私も返事をしたとき悪魔の手を取ったような気になった。

「悪魔よ……！　今日だってオペ室で何人泣かせてたかっ」

それからハッとしたように小声になり続ける。

「知ってる？　貴志川先生、佐藤《さとう》さんと付き合ってたの。天音が来る前」

「どの佐藤さん？」

うちの病院には佐藤さんがたくさんいる。患者様との会話でも『眼鏡をかけている

「佐藤さんをお願いします」『眼鏡をかけている佐藤は五人おりますが』みたいな調子だ。

「佐藤梨花《りか》さん」

へえ、と私は生クリームをぱくりと食べる。

佐藤梨花さんは少し気が強めの看護師だった。私より何歳か年上の、いわゆるオペ看というやつで、手術が多い貴志川先生とは接点も多いだろう。京香とはそりが合わないようで、挨拶を無視されたとか、嫌味を言われたとか、よくそんな愚痴を聞いていた。私ともあまり合わないのか、よく嫌味は言われていた。何か月か前に、結婚するとのことで退職していた。

「佐藤さんから押して付き合った……というか、アプローチされるのが面倒くさくて貴志川は交際を受け入れたらしいんだけど。というのもね、広原《ひろはら》さんも貴志川先生が好きで、水面下で争いがひどかったって」

「広原さんまで?」

広原さんは病棟のナースで、貴志川先生とは接点がよくある。トラブルを起こしがちな性格らしく、以前いた循環器内科でも揉めごとを起こして異動してきたのだ。

「それも貴志川先生、面倒だったみたい。どちらかと付き合えば解決すると思ったんじゃない？　まあ佐藤と広原ならまだ問題起こさなそうな佐藤、みたいな」

それはひどい。面倒くさくてＯＫって何様だろう。思わず目を瞬《しばた》く私に、京香は続ける。

「わたしも佐藤さんと仲よくなかったから、正直悪く言いたいんだけど」

「悪く言いたいんだ？」

「言いたいよー。でもこの件に関してはかなり同情してる」

どうやら佐藤さんは貴志川先生からまったく相手にされず、すぐに別れることになったそうだ。

「先週のオペ前のミーティングで佐藤さんの話になって……ほら佐藤さん、うち何人かいるでしょ？　どの佐藤だって貴志川が聞いてきたの。佐藤梨花さんです、ってわたし答えたの。特徴も添えて。まあ喉まであなたの元カノですよって言いかかったんだけどさ……そしたら貴志川なんて言ったと思う？」

「さあ……」

「『へえ、梨花なんて名前だったのか』って」

「……付き合ってたんだよね？」

「一か月くらいね！　佐藤さん『将来の消化器外科部長ゲット！』って喜んで言いふ

らしてたから。上昇志向、ほんと強いよね。まあキスどころか手さえつないでないと思うけど」

さすがに絶句した。恋人の名前を知らないなんてあるの？　佐藤さんも佐藤さんだとは思うけれど。そもそも同僚だ。

「最低……」

「だよね……佐藤さん、寿退職って聞いたけど、本当はいたたまれなくなって辞めたんじゃないかな。だからさ、そんな人と結婚して幸せになれるとは思えないの」

京香の声のトーンが落ちる。私は苦笑した。貴志川先生の手を取った瞬間に、私は家庭での幸福をあきらめたのだ。

「いいんだよ」

「天音……」

その後、駅前で京香と別れ、自宅方面に歩きだす。……と、駅ビルのスーパーで見知ったうしろ姿を見つけた。

「野田さん！」

私の声にパッと野田さんは振り向く。人混みにいたのに、すぐに彼女は私を見つけ、そうして微かに頬を赤くしてうれしげに微笑んでくれた。

「こんばんは。遅くまで大変ね」

「あ、いえ今日は落合さんとお茶してて」

「あらいいわね、仲いい友達がいて」

野田さんは優しい目をこれでもかと細くして笑った。先日骨折した腕の診察の帰りにスーパーに寄ったそうだ。

「それより、大丈夫ですか？　腕」

利き手の右腕には、痛々しくギプスが巻かれていた。左手に重そうなエコバッグを下げている。

「大丈夫よお。明日から迷惑かけるけど、一応復帰するわね。よろしくね」

「私なんかでできることあれば、なんでも言ってください！　荷物持ちでもなんでもやりますよ！」

私はそう言って野田さんからエコバッグをそっと取る。

「え、新宮さん」

「ご自宅この辺ですか？」

聞けば、少し離れたマンションでひとり暮らしをしているらしい。歩くと二十分くらいだ。バスだとすぐだけれど、混む時間なので歩くつもりだったらしい。

「腕、折れてるのに！」

「人にあたってしまうのが怖くって」

「手伝いますよ」

「そんな、悪いわ」

「こんな状態の野田さん、置いて帰ったら気になって眠れません」

私はやや強引に野田さんを送ることにする。

道すがら、いろんな話をした。……というより、野田さんは聞き上手でついつい あれこれと話してしまった。好きな食べ物や本、小さい頃や学生時代の思い出、最近の趣味。

「可愛かったのでしょうね。小さい頃の新宮さん……」

秋の夜風の中、野田さんがそっと目を伏せた。不思議に思いつつ「やんちゃだったみたいです」と答えた。

「母は毎朝可愛らしいスカートを用意してくれるんですが、幼稚園では朝一番に汚してしまって結局大半を体操服で過ごすような」

「あはは、イメージにないわね」

「そうでしょうか？」

なにがおもしろかったのか、野田さんは目もとに涙を浮かべて笑ってくれた。

話していると二十分なんてすぐで、マンションについてしまう。話の流れで、部屋まで荷物を運ぶことになった。

「本当に大丈夫ですか？」

「大丈夫よ、ありがとう……その」

野田さんは玄関口ではにかんだ。

「また、こんなふうにおしゃべりしてくれるかしら……？　その、すごく楽しくて」

「もちろんです！　私も楽しかったです」

野田さんは少し泣きそうな顔をして、それからにっこりと笑った。それを見ながら
「あ」と私は思い出す。

「そういえば、野田さんがお休みの間に報告をさせていただいたんですが」

「ん、なあに？」

「実は結婚することに」

「まあ！」

野田さんは顔を輝かせ、少しそわそわとした様子で微笑む。

「お、おめでとう。お相手はどんな方なのかしら……」

「あの、実は貴志川先生なんです」

「え」

野田さんは目を丸くした。

「あの、貴志川先生？　貴志川透吾先生？」

こくりとうなずくと、彼女は心配そうに眉を寄せた。私はというと、少し愉快な気分になっていた。あの人本当に好かれてないなあ。

「あの先生、若いのに手術の腕は神様みたいだけど……その、いつからお付き合いを？」

「いえ、付き合ったりとかはなくて」

「……病院のために？」

私は苦笑を返す。本当のことだし、貴志川先生相手に熱愛していますだなんて嘘をついてもバレバレだろうからだ。

「そんな……あなた、とてもご両親に大切にされているって……違うの……？」

「大切にされてます。……だからこそ、病院の後継によりふさわしい方をと私が希望しました」

なぜか野田さんは狼狽し、絶句した。それから迷ったように目線をうろつかせ、きゅっと左手で私の手を握る。

「もし、もし……どうしてもつらくなって耐えられなくなったのなら、わたし、……」

小さくなった声に続きがうまく聞き取れず、首を傾げる。

「野田さん？」

「その、つまり、ひとりで耐えないでちょうだい」

真剣な眼差しだった。目を瞬いていると、野田さんはハッと私から手を離す。

「差し出がましい真似を……ごめんなさいね。でも……」

言いよどんだ後、野田さんは「噂なんだけど」と呟く。私は苦笑した。どれだけ悪い噂流されているんだ、貴志川先生は。

「大学病院に勤務していた頃、人を殺したって噂」

「ええっ？」

私はさすがに声をあげてしまった。貴志川先生、そんな噂まで……。

「う、噂よ。あくまで噂。その大学病院、友達が働いてて。貴志川先生と仲の悪かった先輩医師がひとり、行方不明らしいの」

「行方不明……？」

「っあ、ご、ごめんなさい。変な噂聞かせちゃって。いくらなんでも人殺しはないわね」

　明るく表情を改め、野田さんは努めて朗らかに言う。

「ですよ、ね。さすがにそんな……それはさすがに」

　いくらあの貴志川透吾でもそこまではしちゃいないだろう。……と、思う。

「あの、なにかあれば言って。ご両親にも相談してね。あなたが嫌ということは絶対にされない方々でしょうから」

「それは、はい、そう思います」

「……よかった」

　そう言って野田さんはエコバッグを部屋に置くと、すぐに戻ってきた。

「もう遅いし、バス停まで送らせて」

　近くのバス停で、もう少し世間話をする。

　到着した駅に向かうバスは空いていて、窓際に座った私に野田さんはいつまでも手を振ってくれたのだった。

　一応、私と貴志川先生は婚約期間中のはずだ。けれどクリスマスにも、年末年始にも、向こうからはなんのアクションもなかった。むろん、私から連絡を取るようなこともない。

両親も多忙のため、クリスマスも年末年始も、私はひとりで家にいた。学生時代の友人たちから誘いはきていたものの、なんとなく気が進まなかったのだ。

とはいえ、京香と初詣には行った。――おみくじは、信じられないことに大吉だった。

「えー、すごい、天音。この神社、凶のほうが多いなんて言われてるのに！」

新年の人混みの中、京香がはしゃいで教えてくれた。

「そうなんだ」

私はマフラーに口もとを埋め、「大吉」の文字を見る。――本当に大吉だと思う？　なんて言葉を呑み込んで。だって私、春になったら貴志川透吾と結婚するんだよ。

多分彼の頭の中には、患者さんのことしかない。自分が理想とする医療のことだけ。私自身には興味のない人。

……それは、若くして亡くなったというお母様のためだろうか。

いったい彼は、なぜ医者になったのか。

私は……どうしてだろう、知りたいと思った。きっと彼は教えてなんかくれないけれど。

早春の風はひどく冷たかった。

……実際、大吉なんかじゃないんだろう。

年明け最初の勤務日、私は自分のデスクで書類を渡しながら冷たい目線を向けてくる広原さんに曖昧に笑みを浮かべながら思った。貴志川先生のことが好きだと噂がある彼女は微かに息を吐いた。

「結局、そうなるのよね」

「……なにがですか？」

「いいわよね、結局、お嬢様がいいところどり。貴志川先生があたしに冷たかったのも、佐藤さんが貴志川先生とすぐ別れたのも、あなたとの婚約が控えていたからなのかしら」

私は一瞬彼女の言葉が理解できなくて、少しだけ考えてから腑に落ちた。八つあたりされているらしい。まだ彼女は貴志川先生が好きなんだろうか？

でも、いいところどりなんて。

彼ははっきりと私に言っていた——私に付随するものに興味があるのだって。彼は彼のやりたい医療の実現のために私と結婚するのだ。

「……されてみたかったです」

ぽつり、と言葉があふれてハッと口もとを押さえた。私、なんて……『愛されてみたかった』。貴志川先生との見合いを決意するまでは、私だって恋をして、両親のように愛のある結婚をしてたったひとりの伴侶に愛されてみたい、なんて夢を抱いていた。……もう、叶わない夢だ。

「なにか言った？」

広原さんが怪訝そうな顔をしている。私は眉を下げて首を振った。私は両親に愛されて育った。友達だっている。十分、幸せだ。これ以上欲しがるなんて贅沢だ。

貴志川透吾を選んだのは、私だ。


桜が咲く頃、私はウェディングドレスに身を包んでいた。大きな姿見に写る私は、いつもと全然違う。

両親が気合を入れてオーダーしたドレス、レンタルではないティアラなんかの装飾品。いったいいくらかけたのだろう、と思う。一人娘の結婚式だ、とお金に糸目はつけなかったと聞いた。私は『どれがいい？』『どんなのがいい？』と言われ選んだだけだ。遠慮なんかとてもさせてもらえなかった。

そうして、貴志川先生は一度も口を挟まなかった……というか単に興味がなかったのだろう。

ただ、不思議なことに両親は貴志川先生が私を大切にしていると思い込んでいるようだった。……あの人のことだから、私の見えないところで両親にあることないこと言っているのかもしれない。

『透吾さんとお食事に行ったんでしょう?』

と母に言われてよくよく思い返せば、たまたま病院の食堂で相席しただけのこと。それをうまいこと話を仕立て上げて両親に伝えて……私が両親を心配させたくないがため、わざわざそれを否定することもないと、すっかり行動を読まれていた。というか、いつの間にか両親は貴志川先生をファーストネーム呼びしているし。

正直なところ、妙な気分だった。

「新婦様、お綺麗です……!」

式場のスタッフさんが拍手して、カメラマンさんが何回もシャッターを切る。ビデオ担当の方までいる――両親はこの結婚式、つけられるオプションはすべてつけたのではないかと思う……都内の老舗高級ホテルの控え室は春の暖かな陽射しが降り注いでいた。見える庭園はこれでもかと言わんばかりに満開の桜が咲き誇っている。風に揺れる優しく薄いピンク。

心は凪いでいる。覚悟はしていた。

と、コンコンと控え室の真っ白な木扉がノックされる。スタッフさんが素早く開くと、立っていたのは純白のタキシードに身を包んだ貴志川先生だった。片手に白手袋を無造作に持っている。式まで会わないスケジュールだったのに、いったい何の用だろう。

そう思いながら彼をひと目見て——絶句した。

スタッフさんたちも息を呑んで彼を見つめ、まるで時が止まったのかと錯覚してしまうほど。

貴志川先生は微かに眉を上げる。

「どうした、狸みたいな顔をして」

狸？

おそらくいい意味ではないだろうな、と思いつつ小さく息を吸った。——あなたがあまりに美しいから、皆なにも言えなくなったんです。……とはあまり言いたくない。貴志川先生が照れるはずもなく、かと言って謙遜するわけもない。なぜそんな当然のことで驚くんだと言わんばかりの顔をするに決まっている。

「いえ……」

「失礼いたしました！　し、新郎様お似合いすぎます……！」

私の言葉をスタッフさん数人が高揚した感じで引き取る。そうして私を見てうらやましそうな顔をした。

「そうか、ありがとう」

やはり貴志川先生は淡々と答え、私の前まで近寄ってくる。そうして私を見て何度か目を瞬き、ほんのちょっとだけ目もとを緩めた。

「似合うじゃないか」

「――……は？」

私は目を見開く。似合うじゃないか、って言った……？　びっくりしている私を見下ろして、貴志川先生は不思議そうにする。

「え、あ、えっと……褒めていただけるとは思っていなかったので」

だってさっき狸なんて言っていたのに。

貴志川先生は「ふ」と肩を揺らす。わ、笑った！　貴志川透吾が笑った……⁉

「俺だって綺麗なものを見たら綺麗だくらいは言う」

「へ？　ええ、えっと、えっ？」

綺麗？　目をこれでもかと見開いてしまった。

「褒められ慣れていないのか？　まあ……仕方ないか」

し、仕方ないって普段私は褒められる容姿をしてないってこと？　ムッとして唇を尖らせた。

「それはとっても失礼なのでは」

「……ああ、そう受け取ったのか。失礼。そうじゃない」

「じゃあどういう意味です」

「喧嘩腰だな、新婚だってのに」

くっくっと貴志川先生はおもしろげに肩を揺らす。そうして私の手を取り、立ち上がらせた。

「箱入りだなと思っただけだ。そう簡単に男に口説かれるような環境にはいなかっただろ」

そう言われ、曖昧にうなずいた。それはそうなのだけれど。

「まったく、褒めてほしかったのなら早く言え」

私は眉を寄せた。そんなこと口にすれば鼻で笑われて終わりだろうに。渋面をしているだろう私の耳もとに唇を寄せ、彼は恐ろしいほど魅力的な低音でささやく。

「綺麗だよ」

ぱっと顔を上げ耳に手をあてた。鼓膜が痺れている感覚さえある。

「初心《うぶ》だな。本当に箱入りのお嬢様だ」

まじまじと顔を覗き込まれる。目の前にある、鳶色の瞳に吸い込まれそうになって——心臓が細波《さざなみ》みたいに小さく震えた。恐怖なのか、怒りなのか、……まさか、ときめき？ そんなバカな。

あまりに貴志川先生が美しいから、頭が混乱しているに違いない。

「先生、からかうのはやめてください」

「まさか。本心だ」

「あのうー、新郎様、新婦様。大変ラブラブされているところ恐縮なのですがっ、ご入場のお時間がっ」

スタッフさんの言葉に目を瞬く。……ラブラブ？ 誰と誰が？

かちんと凍りついた私の腰を、ぐいっと貴志川先生は自分に引き寄せる。体温が触れ合う感覚に狼狽して貴志川先生を見上げると、彼は余裕綽々《しゃくしゃく》な顔で微笑んでいる。

本心ではないだろう笑みは、春の陽射しでやけに美しく見えた。

「行こうか」

「……はい」

貴志川先生にエスコートされるみたいにして、私はチャペルに向かう。先に貴志川先生が入場していく。その背中を見ながら、果たしてチャペルの参列客はどんな顔をするだろうと思う。

実は、この結婚式の参列客はそう多くない。私が式に招待したのも、親しい友達くらいだ。親戚を招待したがっていなかった両親の意向もあるけれど、貴志川先生のご家族は皆亡くなられていて、ご親戚もいないそうだから——。

それに、私の親戚が来ていれば貴志川先生は針の筵《むしろ》だっただろう。親戚の多くは医師で、いずれはうちの病院を……と狙っていた。それを有能な外科医とはいえ、なんのうしろ盾もない貴志川先生に掻っ攫《さら》われたようなものなんだから。

まあ、貴志川先生は歯牙にもかけないだろうけれど。

「緊張しているのかい」

チャペルの大きな両開き戸の前で、父が眉を下げ笑う。私は顔をあげ、微かに首を傾げた。顔にかかった薄く上品なヴェール越しに、父が私に優しい視線を向けている。

「そうでもないよ」

「それにしても、もう結婚か。早いものだ。天音が生まれたときのことを、僕は昨日のように覚えているよ。産みのお母さんの腕から、ふにゃふにゃした新生児の君を受け取った。温かな命を託された。必ず慈しみ育て、幸せにすると約束したんだ」

「……お父さん」

「天音。僕は、透吾くんは本当にいい医師だと思う。患者を救うためならなんだってする男だ、君のことだって幸せにしてくれると信じている——実はね、僕は彼を学生時代から知っているんだ」

私はちょっとびっくりする。

「彼のご母堂の主治医は、僕だったんだ」

「そう……だったの」

「なかなか言うタイミングがなくて、すまないね。透吾くんは昔から生真面目な男だよ。だから任せた。でも君が嫌なら……まだ間に合うんだよ」

父はそう言ってチャペルを見上げる。私は小さく首を振った。父は眉を下げ、目を潤ませた。

「天音の幸せだけを願っているのに、これでいいと、透吾くんにならと、君を任せるのを決心したのに——とっくに成人している君にこう言うのはおかしいかもしれないけれど、子育ては迷いの連続だね。本当に天音が幸せになれるのだろうかと、見合いなんかさせずに普通に恋愛をさせてやりたかったと、頭のどこかで思ってしまうんだよ」

いつも穏やかで、情に厚い優しい父の声が震えている。私はあえて大きく笑って父の腕を叩く。

「やだ、感傷的すぎるよ。遠くに行くわけでもないのに。仕事も続けるし、新居だって近いし。あーんなイケメンと結婚できて、ものすごくラッキーなんだけど？　私」

「そうなんだけどなあ」

父の涙声とともに、チャペルの扉が開く。万雷の拍手――バージンロードの先に真っ白なタキシード姿の貴志川先生が立っている。

彼の微笑みは美しい。けれどその宝石のような鳶色の瞳の奥は、氷のように冷えている。

――ああ、私は彼の妻となるのだ。

披露宴の後、参列客の見送りを終えたホールで、ふと貴志川先生が口を開いた。

「新婚旅行はなしでよかったのか。院長からさりげなく気を回されたんだが」

行く気はまったくないくせに、一応聞いてくるのは私がどう答えるかも予想できているからだろう。

「はい。お忙しいでしょうから」

貴志川先生はうなずきすらしなかった。

貴志川先生の手術を待つ患者さんはたくさんいるのだ。遅らせるなんてできない。

――と、そのとき。

「せんせい！　おねえちゃん！」

私たちの背後から、幼く可愛い声が聞こえた。振り向くと、幼稚園の制服に身を包んだ凛子ちゃんだ。可愛らしいブーケを持っている。

「先生すみません、式がこちらだってお聞きして」

凛子ちゃんの背後にいるのは、先日退院したばかりの田辺さんだ。すっかり顔色もいい。凛子ちゃんのお母さんもにこにことその横に立っていた。走り寄ってきた凛子ちゃんが、私にブーケを渡してくれた。

「おめでとー！」

「わあ、ありがとう……！　わざわざ来てくれたの」

田辺さんが外来に来ていたとき、ちらっと式はどちらでと聞かれていたのだ。世間話だと思ってなにげなく答えていたけれど、まさかお祝いに来てくれるだなんて。

「先生、新宮さん……あ、もう苗字違うのね。おめでとう」

「新宮で大丈夫です。仕事中はそのままの予定なので……田辺さん、お元気そうで」

そう言うと、田辺さんは目を潤ませた。

「本当に、貴志川先生、ありがとう……あきらめなくてよかった。治してくれてありがとう。凛子の入園式だって見られたし、それに……新宮さんのウェディングドレスだって見られたわ」

「わ、私ですか？」

目を瞬く。凛子ちゃんの入園式はもちろんわかる。でもどうして私……？

「新宮さんには入院中、何度も助けられたわ。話を聞いてくれて、いろいろな調整を嫌な顔ひとつせずこなしてくれて」

「そんな」

「本当よ。貴志川先生はじめドクターにも看護師の皆さんにも、新宮さんたちスタッフの皆さんにも、本当によくしていただいた。皆さんに助けていただいた命だと思っています」

そんな直裁的に感謝を伝えられたのは初めてで、私は戸惑う。

その後三人を見送り、少しポカンとしてしまう。達成感のようなものだった。医師になれなかった私も、誰かを救えているのだろうか。

「――神の領域なんて言うだろう」

ほかに誰もいない、やけに広い豪華なピロティに貴志川先生の声が響く。天井まであるはめ殺しの窓の向こうで、桜は変わらず咲き誇っている。私はノロノロと彼を見上げた――お色直しの後の、黒いタキシード。私は桜色のドレス――ざあ、と窓の外で桜が舞い上がる。

モノトーンに包まれた貴志川先生は、満開の桜を背景に微かに唇を、片方だけ上げた。そこには仄かな陰が見え隠れして――そんな気障《きざ》な仕草ですら、彼にはとても似合ってしまう。

「無闇に手を出すなと、高度な手術なんてやるな、自然に死なせろみたいなことを外野から言うやつがいる。バカ言え、人間が叡智《えいち》を得たのはなんのためだ」

披露宴でお酒が入っているせいもあるだろう。いつになく彼は饒舌なように思えた。

「なんのため……」

私は不遜に笑う男を見つめる。唯我独尊、という四字が浮かぶ。

「神なんかクソ喰らえだ、俺は目の前で死にそうなやつがいたら助ける」

「なんのために」

反射的に聞いていた。貴志川先生は私を見下ろす。陰のある瞳の奥には変わらず氷があるように思うけれど、その氷は燃えているようだった。

思わず息を呑む。その冷たい焔から目が離せない。

――心臓が、大きく拍動した。ときめきにも似た、不思議な感情だった。

貴志川先生は表情を変えないまま、言い放つ。

「できるからだよ」

「できるから……?」

「俺にはできる。だからやる」

そう言って彼はさっき交換したばかりの指輪を外しながら踵を返す。神様の前で永遠の愛を誓った新婦に背を向け、あの日冷たい廊下で白衣を翻したのと同じようにさっさと歩いていく。私はそれを呆然と見送った。

まだ心臓は、肋骨の奥で不思議なほどに高鳴っている。

結婚式で疲れ果てていたのか、あの会話がやけに頭に残っていたせいか、ドレスから着替えて新居にやって来たあたりの記憶がとても薄い。

貴志川先生との新居は、うちの実家にも近い閑静な住宅街の一角にある低層マンションの最上階だ。前から貴志川先生が住んでいたらしい――にしては、生活感はまるでない。３ＬＤＫの広々とした部屋は、ほとんど使われていなかった。ダイニングの、本来テーブルを置くスペースであろう箇所には、上品なペンダントライトが揺れていた。テーブルを買わなきゃ、と頭のどこかでは思う。でもきっと同じテーブルにつくことはないんだろう。

私はリビングで唯一の家具であるソファに座り、ポカンとテレビを眺めていた。……パジャマ姿で。先に風呂を使えと言われて、疲れ果てて眠くて仕方なかった私はありがたく先にシャワーを使わせてもらったのだ。

そうして貴志川先生が浴室に向かって初めて、私はいまの状況について冷静に考えることができた。……私は貴志川先生に抱かれるのだろうか？

太ももの上に置いた手を握り、テレビで流れているバラエティをじっと見つめる。

「どうした？」

低い声に振り向くと、貴志川先生が濡れ髪を拭きながら歩いてきたところだった。男性なのに、信じられないほど凄絶な色香を放っている。私は半分悲鳴をあげて顔を両手で覆った。

「ふっ、服！　服を着てください！」

「着てるだろ」

呆れた声でそう言う貴志川先生は、着心地のよさそうなスウェットを穿いてはいたが、上半身は裸だった。鍛えられた腹筋や腕の筋が、照明で陰影を作っている。

「あんたはオリンピックの男子競泳を見てもそんなふうにキーキー騒ぐのか？」

「そんなわけないじゃないですか！」

「ならいいだろう」

そう言って貴志川先生はソファに座る。広いソファの端と端にいる感じだ。

「なにを見てるんだ？」

「あ、……いえ、点けたらやっていたので」

ふん、ともふうん、ともつかない返事をして貴志川先生はテレビに目をやる。

「……意外です。先生、テレビなんか見なそうなので」

「ニュース程度は見る」

「そうですか」

私はどう会話を続けたらいいのかわからなくなる。黙ってテレビに目線を戻した私を見て、貴志川先生がおもしろげに肩を揺らした。

「なんですか？」

「いや、お嬢様、ずいぶんと緊張しているなと」

私はぐっと唇を噛む。貴志川先生はソファに背を預け目を細めた。

「女には困ってない」

「……は？」

「どんな女だろうがとにかく抱きたいという男もいるんだろうが……あいにく、俺は誰でもいいというわけでもない」

ポカンとする私に貴志川先生は肩をすくめた。

「だからそう、警戒した子猫みたいな顔をするのはやめろ」

「し、してません」

貴志川先生は黙って片方の頬だけで笑い、口を開く。

「まあ、子どもが欲しくなったら言え。協力はする」

私は言葉を失う。そんな私を尻目に、彼はソファから立ち上がった。

「部屋も家も好きに使うといい」

そう言って広い背中を向け、リビングから出ていく。彼の部屋に戻るつもりなのだろう。

私はソファにころんと寝転がり、再びテレビに意識を向けた。つう、と涙があふれてしまって慌てて手で拭う。ああ、泣きたくなんかないのに。覚悟していたのに。結婚したら貴志川先生が優しくなるなんてことはもちろん考えてもなかったけれど……でも、私はキスすらせずに子どもをいつか産むのだろうか。結婚式もキスはなかったのだ。

そうして、愛情なんかひと欠片もない行為を経て――子どもを産んで。

私はその子をちゃんと愛せる？

憧れていた結婚とはまったく違う現実であることに、そして未来が待っているだろうことに、覚悟していたのに苦しくなる。

泣きながら目を閉じると、船酔いに似た居心地の悪い眠気がやってくる。家に帰りたいなと少し思う。

ふわふわ、と身体が揺れた。温かでがっしりとした誰かに抱き上げられているのはわかった。

やがて柔らかな場所に下ろされる。聞こえてきた小さなため息は心の底から面倒くさそう。でもその主は優しく私の肩まで布団をかけてくれた。髪の毛を整え、額をなでる大きな手。やがてその人は離れていく。ぱたん、と扉が閉まって、私は眠りに落ちていく。

今度は穏やかな微睡《まどろみ》だった。それが少しずつ深くなる——ぐっすり、と私は眠った。

ぱっと目を覚まし、私はしばらくポカンとする。ここってどこだろう——いま何時？　カーテンの隙間からは朝陽が差し込んでいる。

しばらくぼおっとしてから、そうだ結婚したのだと思い出す。ここは貴志川先生のマンションの私の部屋で、今日は日曜。私は休みだ。両親が購入し送ってくれていたベッドから下りて不思議に思う。私、ソファで寝なかったっけ……？

貴志川先生が運んでくれた？と考えて、それから苦笑する。まさかそんなわけがない。きっと寝ぼけながらここに移動したんだろう。

ぐっすり寝たのか、頭はとてもスッキリしていた。

リビングに行くと、思った通り誰もいなかった。キッチンを覗いて少し呆れる。ゴミ箱に残っていたのはゼリータイプの栄養ドリンクのパウチ……もしかしてこれが朝食だったの？

まあ、他人の食生活に口を出す気はないけれど……たまたま急いでいたのかもしれないし、と冷蔵庫を開く。目を瞬いた。冷蔵庫や家電のいっさいは貴志川先生が使っているものをそのまま使うことになっていた。両親は新しいものをと言ってくれたけれど、そんなのもったいないし。まあそれはいいとして、問題は冷蔵庫の中身だ。なんにもない。栄養ドリンクと卵と鶏むね肉のハムが無造作に冷えている。それだけだ。

私は眉を寄せ、冷蔵庫横の大きなパントリーを開く。ミネラルウォーターのペットボトルが何本か置いてある横に、飲みかけのサプリメント類がいくつか……。

「……いくらなんでも、医者の不養生すぎない？」

昼食は病院食堂で定食を食べているのをたまに見かけるけれど、まさかあの「たまに」以外は適当に済ませているのではないだろうか。外科医というものは激務だ。朝晩がこんな食生活では、遅かれ早かれ体調を崩す。

着替えた私はマンションを出て、近くで見つけた小さなカフェに入った。勝手にハムや卵を食べちゃうのもどうかと思ったのだ。

通されたテラス席でモーニングのベーグルセットを咀嚼しながら、ううんと迷う。私が食事を作ったところで、貴志川先生が喜ぶとは思えない。口をつけるかどうかすら怪しい。干渉されるのは嫌だろう。忘れてしまうほうがいい。

「でも……いくらなんでも……」

頭を抱えたくなる。あの人、医者としては最高なのかもしれないけれど人間性破綻してるし、なんなら人間らしい欲や感情すらほとんど抱かないんじゃ？　食事も適当、勤務時間からして睡眠だってろくにとっていない。さすがに昨日は一日オフだったけれど、今日は出勤しているようだし。まさしく身を削って患者に……いや、医学に尽くしている。なにがそこまで、彼を駆り立てるのか。

目線を上げると、通りを挟んで、満開の桜が陽に輝いている。

「……倒れられても、困るしね」

うん、と内心拳を握る。余計なお世話だと眉をひそめられるだろうけれど……しょうがない。これは病院の将来のためでもある。

私は彼のサポートをしようと腹を決めたのだった。

よし、いっちょやってやろうじゃない。

「貴志川先生、お弁当です」

昼休み。パソコンでカルテを確認していたらしい貴志川先生は、栄養補助食品と書かれたゼリー飲料の吸い口を噛んだまま私を胡乱《うろん》気《げ》な目で見上げた。陰のある瞳に浮かぶ苛つきを隠そうともしていない。また来たのか……いや、来やがってと内心思っているのがバレバレだ。

「そんな顔をしないでください」

私が彼にお弁当を作りだして、はや一週間。いや、お弁当だけじゃない。実は三食提供している。おかずのうち半分くらいは実家の浮島さんからおすそ分けしてもらったりしているけれど、とにかく三食手作りだ。私の作ったものはともかく、プロである浮島さんのおかずは当然、絶品。にもかかわらず毎食砂を噛むような顔をされるのは納得いかないけれど、まあいまのところ完食はしているからヨシとしている。

「今日は昨日の残りの唐揚げですよ」

「ああそうか。ありがとう」

貴志川先生は心にもないことを心底面倒くさそうに言いながらも、お弁当箱を受け取った。本来なら食べたくもないけれど、周囲の目があるから彼の目的達成のため仕方なく、といったところだろう。不仲説なんか出たら、病院の改革どころではなくなってしまうもの。

「へえ、仲いいんだね」

「有田《ありた》先生」

私は貴志川先生と同じ消化器外科の有田先生の声に微笑む。有田先生は貴志川先生と学生時代からの同期。ただ貴志川先生とは正反対で、いつも穏やかで優しい。

「最初ふたりが結婚と聞いたときは耳を疑ったけれど」

「あはは」

全員にされる反応なので、すっかり慣れて笑ってしまう。にこにこと有田先生は「よかった」と貴志川先生の肩を叩く。

「仲よくやっているじゃないか」

「…………そうだな」

貴志川先生は面倒くさそうに私たちを見て、うざったいという態度を隠しもせずお弁当箱を開く。有田先生は「ええっと」と困ったように私を見る。

「……うまくいっている、んだよな？」

私はにっこりと笑顔で首を傾げた。これってうまくいく、に入っているのかな。前途多難なのは間違いなかった。

【二章】初（side透吾）

ソファで泣き疲れて眠る新宮天音を抱き上げたとき、思った以上に華奢で少しだけ驚いた。いつも真っ直ぐに前を見る瞳がいまは瞼に隠れている。あどけない、という言葉が浮かんで消えた。

「泣くくらい嫌なら、俺なんかと結婚しなければいいのに」

ため息をつきつつ天音をベッドに横たえる。新宮天音が両親を愛しており、その上で申し訳なさのような感情を抱いているのには気がついていた。会話の端々、表情の観察を注意深くしていればわかる。天音は素直なお嬢様育ちだからか、そういった感情を隠すのはあまり得意ではなさそうだった。

だからそこを突いた――やりたいことのために。理想とする病院を作るために。つまるところ、罪悪感なんてこれっぽっちもない。なのに『俺なんかと結婚しなければいいのに』なんて言葉が口をついて出た。思ってもないくせに。

涙が微かに残る天音の目もとに指先で触れた。まだまつ毛は濡れていた。無言で髪の毛を整え、ほとんど無意識に額に手をやり、微かになでた。――これはいったいどういう感情の発露なのか。苛つきのような、そうでないような……よくわからなくなりもう一度ため息をついて天音の部屋を出て、そういえばもうすぐ母親の命日だなと思い出す。

母親の死を引きずっているというわけではない。なのに命日近くなるとなんとなく頭に浮かぶのは不思議なことだなと思う。普段は悼《いた》みもしていないのに。

進行性の病で死んだあの人は、強い人だった。運送会社を経営していた父が死に、会社と保険金を親戚に乗っ取られて無一文で放り出されても、笑顔を失わなかった。まだ幼かった俺の手を引き、職を転々とし、それでもいつも溌剌《はつらつ》と笑っていた。

『透吾、あんた賢いんだねえ！』

生まれ故郷、東京の下町にある小さなスナックの雇われママになった母親は、ハッと目を惹くような美人だったらしい――身内からするとよくわからない――が、やや蓮っ葉なしゃべり方や気さくで懐こい人柄で、雇われママとしてそこそこうまくやっていた。そんな彼女は、俺が学校からテストを持って帰るたびに目を丸くして喜んだ。

『誰に似たんだろうねえ、父ちゃんもそこまで頭はよくなかったんだけれど。母ちゃんのじいちゃんが学校の先生だったらしいから、その血筋かねえ』

俺は褒められるたびに不思議だった。当時俺は、周りの友人たちはわざと間違っているとまで思っていた。こんなの教科書に書いてある内容なのに、一度読めば覚えるだろうに。

そんな母親が倒れたのが、俺が高校受験を控えた新年のことだった。元旦の夕方にキッチンに立った母親の呻き声に気がつき、慌てて駆け寄る。床にはお節がばら撒かれていた。

『透吾、ごめんねえ、お節が……母ちゃん、こけちゃって、お重、落としちゃって』

そういう母親の額には脂汗が浮かんでいた。救急車を呼ぼうとする俺を、母親は止めた。こんなのすぐ治るんだからと、そう言って。

けれど布団に寝かせても痛みは増していくようだった。結局呼んだ救急車で搬送された先で、さまざまな検査の末に言われたのは進行性の病の名前だった。

俺は突然奈落の底に突き落とされたような気分になった――『ほかにご親戚の方は？』淡々と医師は言う。俺は首を振る。頼れる人なんか誰もいない。

家はスナックの二階だった。呆然とキッチンの床のお節を片付ける。

母親は、死んでしまうのだろうか。

『バカヤロー、早く言えよ。ガキのくせに遠慮なんかしやがって』

『おいお前ら、聞いたか。貴志川さんとこ倒れたってよ』

『透吾くん、ご飯大丈夫なの。おばさんとこおいで！　いいって、ふたりも三人も変わんないんだから！』

松の内が明けても休んだままのスナックに、近所の人が声をかけてくれた。母親が倒れた話をすると、あっという間に町内に広がり、順番に面倒を見てくれるようになった。

『こーんなに可愛い息子残して死ぬわけないよ！』

とある大学病院に入りやや落ち着きを取り戻した彼女も笑う。すぐに薬物療法が始まった。吐き気にも耐え、張りのあった肌が痛々しくたるみ、それでも明るい瞳は変わらない。

俺は第一志望の高校に難なく合格した。私立高校の特待生だ。事情を鑑み、特例として無償で寮にも入ることができた。その代わり、広告塔として難関国立大にストレート合格すること。もし落ちれば、寮費の補助分は全額返済しなくてはならなかった――らしいが、俺はそこはまったく心配していなかった。なんならいま試験を受けてもいい、合格してみせるとすら思っていた。

半年経った頃、母親の容態が急変したと病院から連絡がきた。

『もうレジメンも尽きてしまってね……はあ』

主治医が突然そんなことを言う。レジメン？　尽きる？

『あー……要はやれることは全部やりましたってことです』

『……手術は、しないんですか』

俺はポカンとした。病気なんて手術をすれば治るものと思っていた。

『もうステージがねえ……このステージに使える薬もないですし……』

主治医は面倒くさそうに言う。俺は呆然として、ベッドで眠る母親を見つめた。

死んでしまうのか。

病室にはどこかすえたようなにおいが漂っていた。死のにおいだと、本能的にわかった。これは母親の命が尽きかけている証だ。このままただ弱り果てるのを見ているしかできないのか？

胸の内が熱くなる。憤りでつい握る拳に力がこもる。こんなところで死んでいい人じゃない。病室を出た主治医を追いかけると、そいつが看護師と話しているところを見てしまった。

『あの部屋、そろそろ片付けの準備しとけよ』

『え？』

『もう間もなくってところだろ』

そう言い放ち歩き去っていく彼に無念の色はない。

『死ぬんだ、お前の母親は』

そう言い放たれたも同然だった。

どん、と突き放された気分になる。

ふざけるな、俺が医者なら。

そうだ、俺が医者だったら——もっと「生かせる」。その確信があった。でもまだ俺は医者じゃない。〝まだ〟。

……そうだ、俺はまだ子どもだ。

なんの力もない。

力が欲しいと心底思った。それさえあれば——母さんを生かせるのに。

親が医者だという高校の友人、有田に相談すると、都内にある新宮病院の院長がその道のスペシャリストだと教えてくれた。

ほかに頼れる人はいなかった。

俺は一方的に新宮病院に押しかけた。受付で押し問答をしているところにたまたま院長が居合わせ、話を聞いてくれ、転院の手続きをしてくれたのは僥倖《ぎょうこう》だったとしか言いようがない。情に厚い人だった。そんな新宮院長が手を尽くしてくれたこともあり、母親は俺が医大の合格通知をもらうまで生きてくれた。

『いいお医者さんになるんだよ、たくさん人を救うんだよ』

それが母親の最期の言葉だった。


『貴志川くんはどうして医者になりたいんだい』

葬儀後、火葬場まで来てくれた新宮院長が微かに目を細めて言った。春と冬のあわいの風が頬をなでた。桜の木々はまだ固く蕾を閉じている。

制服の黒い詰襟姿の俺は、何度か目を瞬き答えた。

『――俺ならやれると思ったんですよね』

『医者を?』

『それもありますけど』

俺は火葬場の前で空を見上げる。白い煙が上がっていく。

『苛ついたんですよ。前の病院の医者』

新宮院長は黙って俺の話を聞いている。

『最初からあきらめやがって。俺は』

拳を握る。

『どんな患者だろうが俺は生かせる。そのための努力ができる。そう思いました』

『不遜だね。もうどうやったって助からない患者様だってたくさんいるんだ。僕たちは神様なんかじゃない。ただの人なんだ』

『その通りです。だからこそ——。……なあ、生きるってのはさ、新宮先生。ただダラダラ生きながらえるってんじゃない。残された時間に関係なく、意志を持つことなんです……母さんは』

水色の空で煙は霧散していく。

宇宙に存在する元素の数は未来永劫変わらない。ならば母さんを構成していた元素はどこに行くのだろう。行ったのだろう。

『母さんは、あんたに生かされた。思い残しはあるけど、それでも満足して死んでいった。これは生きたってことです』

ちゃんと生きて。俺の生末《おいすえ》を祝福して、そうしてひとりの人間として、尊厳を持って死んだ。生かされた。

『そうかな』

だといいな、と新宮院長は呟いた。

誰にとっても死は平等だ。いつかやって来る。避けられた人はいない。けれど、もしその時間が延ばせるなら。それによって患者が自分は十分に生きたのだと納得できるならば。

そのために手を尽くそう。

医者は神じゃない。それでも足掻《あが》きたい。だって俺にはそれができるのだから。そのための能力が俺にはある。神なんかじゃない、俺を産んだ母親から与えられた才能だ。

才能は使わないと。そうだろ？

医大に進み、初期研修後は新宮院長に声をかけられ新宮病院に勤務した。大学病院にはほとほと嫌気がさしていた。実力よりコネがものを言う世界だった。

新宮病院なら俺の理想とする医療ができると思ったし、実際裁量もかなり与えられたけれど、腹の中で苛つきは増していた。どこにだってクソはいる。患者はベルトコンベアで運ばれてくる量産品なんかじゃない。それなのに一部の人間の無神経さは目に余った。手術前の薬物治療の患者の吐き気止めを投与し忘れ『だって治療にはなんの影響もないでしょう？』、治療計画を遂行するのに心血を注ぎ臨機応変に対応できない、数え上げれば切りがない。

こんなんではだめだ。こんなんじゃ患者を生かせない。生きるってのは、心臓が動いてるってことと同義じゃない。

そこで目をつけたのが新宮天音だった。新宮院長が溺愛する一人娘。彼女のことはよく知っていた。個人的に気にかけてくれた新宮院長がよく彼女の話をしていたから。

生き生きと、目の前にいるかのように。写真や動画を見せられたこともある。天真爛漫に微笑む、苦労なんて知らないお嬢様。

腹の底が苛ついた。感情にうまく名前がつけられなくて困る。

実は――母親の火葬のとき、院長がこう漏らしたのだ。『実のところ、あの子は養子でね』と。

『でもそんなもの、関係ないよ。大切なのはお互いを愛することだって、娘の笑顔を見ているとそう思う』

母親を亡くし天涯孤独の身になった俺を、なんとか励まそうとしたのだろう。きっとまた愛し愛される家族が俺にもできると、そう言いたかったのだろう。

けれど。

俺は恩人と言っていい人の厚意を利用した。欺《あざむ》き騙した。彼の娘をそそのかし誘導し丸め込んだ。あまりにすべてがまだるっこしくイライラしたのだ。新宮天音を利用して院内での影響力を手に入れ、数段飛ばしで俺の理想とする病院を作る。そしていずれは、この国の医療界全体を変えていく。後悔はない。罪悪感だってちっともない。俺はきっと人として大切な部分が欠けているんだろう。それについてもどうとも思わない。

そして手に入れた天音とは、仮面夫婦でかまわない。というか、そうでありたい。感情を向けられるのは苦手だ。嫌いだ。

天音だって俺のことを愛することはないはずだ。ただ、子どもは作ってやりたいと思った。彼女にはきっと愛する対象がいるだろうと思ったのだ。

つまりそれ以外、彼女は俺に接触してくることはほぼないだろうと、そう思っていた。

――なのに。

「はーい貴志川先生、晩御飯ですよ食べてくださーい」

帰宅した俺の目の前で、天音がダイニングテーブルにどん！と茶碗を置いた。味噌汁もサラダもある。あとは豚の生姜焼きにほうれん草の白あえに……俺はネクタイを緩めながらため息をついた。これが始まっていったいどれくらい経つだろう。うざったいと心底思う。なにしろ天音の顔を見るとそわそわと落ち着かないのだ。あまりにも慣れない感覚で、ひどく不快だった。

結婚式の翌日から、天音は人が変わったかのように俺の面倒を見始めた。今日のように夕食を用意して腕を組み仁王立ちで待っていたのだ。

『……俺は自分のことは自分でやれる』

『やれてないから言っているんです。ちゃんとご飯くらい食べてください』

俺は例の妙な苛つきを覚えつつ天音を見た。呆れた顔で天音は白飯を茶碗に盛り付ける。

『……一日に必要な栄養素はとっている』

だからかまうな。俺のテリトリーに入ってくるな、笑顔を向けるな、声をかけるな。心がざわめく。精神状態が大荒れになる。嫌な感覚だ。俺はいつだって冷静でいたいのに、彼女を前にするとうまく制御ができない。

『はいはい』

苛ついているというのにものすごく軽くあしらわれ、いつの間にか搬入されていたダイニングセットの椅子に座らされる。

『食べてください』

『…………はあ』

これ見よがしにため息をついたが、天音はにっこりと笑っただけだった。こいつ……。

心底苛ついたが、機嫌を損ねるのも面倒くさいな、と彼女が作った夕飯を食べた。

しかし、まさかそれが毎日になるとは思わなかった。すでに季節は夏に入っている。つまり結婚して約三か月、こいつはなぜか俺に飯を提供し続けている。朝食夕食はもちろん、それどころか……。

「……お嬢様。毎日俺に弁当を持ってくるのをやめろ」

生姜焼きを食べながら苦言を呈すと、天音はうっすらと笑う。

「それがですねえ、うちの旦那さん忘れっぽいみたいで、毎日届けないといけないんですよ」

わざと忘れているんだ。

舌打ちをこらえて、テーブルの向かいで明るく笑う天音を見る。彼女はとても機嫌がよさそうに見えた。結婚式当日は泣いていたくせに。あのままおとなしくしていればどれだけよかったか。こんなにストレスを抱えずとも済んだ。

「貴志川先生、知ってます？　私たち、ラブラブ夫婦だって言われてるんですよ」

俺は黙って箸を置き、湯呑みの緑茶を飲み干した。

「なんだってそんな事実無根の噂を流されなくちゃいけないんだ」

「毎日お弁当届けているから?」

「………わかった。忘れず持っていく」

ため息とともに胸がざわつく。苛つきにも似た、でもそれだけじゃない感情だ。微かに血圧も上がっている気がする——俺は天音に怒っているのだろうか? けれどそんな感じでもない。うざったいしイライラはするけれど……前髪をかき上げ、とりあえず食事に集中することにする。

「……食うからじっと見ないでくれ」

「嫌です」

ちゃんと食べるか見ておかないと、と天音は言う。なんとなく、綺麗な声だと思ってしまって自分に呆れた。人間の声に綺麗もクソもないだろう。やけに胸がざわつくから、極力耳に入れたくないのだ。

視線を気にしないようにしながら生姜焼きの続きを食べる。

「どうですか? これ自信作なんです」

俺はチラッと天音を見た。なんとなく楽しげな顔をしている……野良猫でも餌付けしているかのような表情だ。呆れた。こいつは、俺をなんだと……。

そう思うのに、呆れすぎたせいか「ああ、うまい」と答えてしまった。後悔しても遅い。舌打ちをこらえつつ天音を見ると、彼女は一瞬ぽかんとした後微笑んだ。花が咲くみたいに、綺麗に笑った。俺は無言で視線を白飯に戻した。

この息苦しさは、なんなんだ？

風呂から上がるともう天音の姿はない。食洗器が音を立てているのを横目に、キッチンで水を飲み、ベテランといってもいい同僚がした手術の縫合不全について考えた。発熱に異常を感じ造影ＣＴ検査を指示したのちに洗浄ドレナージ——俺が気がついて対処したのだった。

「いったい……あいつらはなんのために医者になったんだ」

本気で疑問だった。消化器外科なんて専門性も難易度も高い、しかも患者の数は多い、決して楽な仕事ではない。ため息をつきつつグラスを流しに入れようとして——あまりにイライラしていたせいか、グラスを落として割ってしまった。舌打ちをして割れたグラスを床から拾おうとした俺の手を、華奢な手が掴んだ。

「あ？」

じろりと睨んだ先には、真剣な目をした天音がいた。

「なんだ?」

「グラスに触らないで。あなたの、その手は」

真っ直ぐな視線に、凍り付いたみたいに身体が動かなくなってしまった。なのに、正体不明の苛つきに似た焔が胎で燃える。触れられたところが、異様に熱い。……なんなんだ、これは。この苛つきは。動かない俺を無視して彼女は続ける。

「あなたのその手は、たくさんの人を救う手でしょう。怪我なんかしたら大ごとです」

「……これくらいで怪我なんかしない」

俺は自分の声が掠れたことに気がついて愕然とする。天音は小さく眉を下げ、目元を和らげて笑った。

「少しくらい頼ってくれていいんですよ。私、あなたの奥さんなんですからね」

「……は?」

俺の声に天音はハッとしたような表情になり、目を逸らして言った。

「お、お気づきでないようだから教えてあげますけどね、天才ドクター。あなた医者としては最高なのかもしれないですけど、人間としてはぽんこつです。おまけに院内の評判は最悪。愛想も悪いし、性格だって悪いし……まあ、しょうがないから面倒見てあげます。せっかく夫婦になったんですしね、まあこれもご縁なんでしょう」

俺はポカンと明るく言い放つ天音を見つめる。院内の評判が云々はまったく気にならないが、ぽんこつ？　こいつ、俺のことをぽんこつ扱いしたのか？　この俺を？

彼女は手早くグラスを片付ける。その白魚のような手が傷つきはしないかと、一瞬息を止めてしまった。しゃがみ込まれて初めて、天音が髪の毛をまとめていたことに気がついた。

真っ白なうなじは、まだ風呂上がりからそう時間が経っていないのか、微かに色づいていた。俺はゆっくりと彼女から目を逸らす。

なにかが、俺の中で蠢いている。いつからか、おそらくは天音と過ごすうち胸の奥に生まれたものだ。……これは、なんだ？

天音は掃除機までかけて「これでよし」と微笑んだ。

「じゃあおやすみなさい」

そう言って彼女は立ち上がる。俺はしばらくその背中を見送って、天音が自室に入る直前に追いついて腕を引いた。身体が熱い。

なんだこれは。衝動が手を腕を足を突き動かす。

頭の中で本能が俺を唆《そそのか》す。俺の中に生まれた〝それ〟はそうとしか形容できない。

——屈服させてしまえ。

手に入れろ。

お前にはできるだろ？

そうすれば、この苛つきもおさまるだろう。

「わ、な、なんですか。文句でも」

「――いや」

胎の奥で焔が勢いを増していく。

これは本能だ。そう確信する。この女が欲しいと、大脳新皮質に包まれた本能が呻く。愛だの恋だの、そんな甘やかなものじゃない。この女を落として屈服させて組み敷いて俺のものにしたい。俺だけのものにしたい。俺だけを見させたい。俺だけに微笑ませたい。閉じ込めて俺だけが触れるようにしておきたい。こんな感情が愛であるわけがない。愛情なんて抱いているはずがない。これはただの生物の雄としての本能だ。

けれど、この感情をあえて言葉にしなくてはならないとすれば――なんだろうか。

情欲、肉欲、独占欲、……あるいは嗜虐心《しぎゃくしん》？　いや、それだけじゃないな。

……もしかして、それは「愛」になるのだろうか。絶対に違うと思う。しかし、ほかに語彙がない。バカらしいが……仕方ない。

天音の顎をつかみ上を向けさせる。真っ直ぐな瞳は白黒としつつも俺を生意気に見据えている。言語にしがたい感情が湧く。歓喜にも似たそれに従って俺は笑う。

「なあお嬢様——俺のものになれ」

「え?」

心底驚いた声のようだった。俺はその声音に楽しくなり肩を揺らす。

「聞こえなかったか?」

「聞こえましたけど……いったいなんの話……」

「普通の夫婦になろうって話だ」

「は?」

天音は眉を吊り上げた。

「そんな必要はないってあなたが……」

「前言撤回だ」

俺は天音の顔を覗き込む。真っ直ぐな瞳に吸い込まれそうになる。知らず、口角が上がった。

「——愛してやるよ、お嬢様」

天音の目がこれでもかと大きく見開かれる。長いまつ毛が何度か瞬いた。どうやら本気で驚いているらしい。

天音は「遠慮します！」という言葉とともに俺の手を払い、目線を鋭くする。その仕草が妙に可愛らしく感じた。

——可愛い？　自分でもそんな感情を誰かに抱くなんて不思議でしかない。ただ、手のひらの上でぴいぴい怒っているヒヨコみたいだと思ったのだ。いつでもつぶし殺せてしまう温かな命。自分より弱いと思うから、だからこそ人間は小さいものを可愛いと思うんだろう？

ぷりぷり怒っている天音に微笑んでみせた。天音はすかさず唇を尖らせる。ほらヒヨコだ。

「からかったんですか。性格が悪いのは知っていますけど、趣味も悪いです」

「俺の性格が悪い？　まさか、こんなに清廉潔白で生真面目な人間いないだろ」

「どの口が……」

呆れた声に肩をすくめた。割と本気でそう思っているのだけれどな。

「そのうち、あんたから俺が欲しいって言わせてやるよ」

「死んでも言いません！」

「どうかな」

天音はむっと唇を引き結び、自室に引っ込んでいった。俺はどうしようもなくくすぐったい気分になってひとしきり笑う。まあ、簡単に靡《なび》いてはくれないか。

つまるところ、天音を俺だけのものにするには、天音が俺に惚れるように動くのがベストなのだろう。というのも、人間を縛りつけるのに最も適した感情は恋愛感情だと推測できるからだ。俺には理解しがたいが、ときおり事件にまで発展しているのを見るに、それだけ苛烈で執着性のあるものなのだろう。

ふむ、と少し考える。いままでの人生、まともに恋愛なんかしてきていない。女というものはすり寄ってきたり離れたり笑ったり泣いたり、とにかく面倒くさいから適当にあしらっていたのだった。俺の見てくれや医師としての立場に寄ってきていただけだろうから、いざ他人に惚れてもらおうとしているいま、どう動けばいいのかわからない。

翻って、天音はどうだろう。ああいう質《たち》の女たちとはまた違う気がする。少なくとも擦り寄ってきたりはしない。俺に惚れたとしてもそこは変わらない気がする。

まあ誠心誠意がんばらせてもらおう。なにしろ俺は清廉潔白で生真面目な男だからな。

翌朝。

天音は臍《へそ》を曲げて朝食を作ってくれないかと思ったけれど、そんなことはなかった。むっつり顔で起きてきて、不愛想に朝食を作る。和食だ。味噌汁の出汁のにおいが食欲をそそった。

「うまい」

素直に感想を漏らすと、天音はむっと眉を寄せた。

「どうした」

「一昨日までそんなことひと言だって言わなかったじゃないですか。無表情でご飯食べるだけで」

「悪かったよハニー、俺は素直になれないぽんこつなんだ」

「……昨日のこと根に持ってます？　持ってますよねそれ確実に。あとハニーはやめてください、鳥肌がすごいので」

「歓喜で？」

「恐怖で」

その答えに肩を揺らす。

「わかったよ。天音」

俺はそう両手をあげて口にして、いい名前だなと思う。彼女の名前を呼ぶことは、なんだか特別なことのような気がした。当の本人はポカンとしている。

「天音？」

「……あ、すみません。初めて名前呼ばれたので」

へえ、と俺は首を傾げた。そういえばずっと「お嬢様」と呼んでいた気もする。

「天音」

「用もないのに呼ばないでください」

そうヒヨコみたいに唇を尖らせた天音の唇をそっとなでる。

「あんたは呼んでくれないのか」

「なにを……」

「俺の名前。……名前くらいは知っているよな？」

「それはもちろん……貴志川先生。貴志川透吾先生」

「透吾。ほら」

繰り返すように促すけれど、彼女の唇は余計にキュッと引き結ばれただけだった。

俺は楽しくてたまらなくて、席を立ち彼女のそばまで行く。不審げな顔をする天音の頬をなで、驚いたところを抱き上げ、腕の中に閉じ込めた。

「言ったら放してやる」

「お、横暴です。横暴」

「そんな名前か？　俺は」

頭に頬を寄せると、天音の耳殻が真っ赤になるのが見えた。肋骨の奥で不思議な感情がさざめく。耳もとに口を寄せ、だめ押しのようにもう一度言った。

「透吾」

うう、と天音は肩を落とす。それから蚊の鳴くような声で告げる。

「と……うご、さん」

「よくできました」

俺はぱっと彼女を解放し、ついでに口もとについていた米をとってやって、ぱくりと食べた。天音は眉を吊り上げ、俺は腹を抱えて笑う。


その日は十二指腸の手術が入っていた。昨日縫合不全を起こしたのと同じやつが、なんとまた同じミスをした。今度は敗血症まで引き起こしていて——抗真菌薬のみでの治療は無理だと判断し、俺が再手術を担当。十二指腸前面に腸液が漏出してひどいことになっていた。対処して肝下にドレーンを設置して閉腹。

手術後、そいつを怒鳴りつけたいのを必死で我慢しながら淡々と詰める。

「いったいどうやったら二日連続でこんなことを引き起こせるのか説明していただいてかまいませんかね」

「は？　これくらいのミス、誰にでもあるだろ。たまたま二日続いただけで」

「あんたが言う〝これくらいのミス〟で人が死ぬところだった」

声が荒れかける。努めて呼吸を深く繰り返す。ああ——死んだら終わりなんだ。お前にとっては患者のひとりでしかなくても、誰かにとっては〝たったひとり〟なんだ。

「貴志川、生意気だぞ。僕のほうが先輩なんだって、わかってるのか」

「先輩後輩関係ないんじゃないですかね、こういうのは」

「うるさい！　だいたい、あれくらい抗真菌薬でどうにかなった！　勝手に手術なんかしやがって、これは越権行為だ、院長に直談判してやる！　娘婿だからって調子にのるなよッ！」

そいつは鼻息荒く俺の肩を押し廊下に出ていった。

「君は間違ってないよ」

同期の有田が微かに目を伏せながら慰めのように言う。けれどそんなことは知っているのでなにも響かない。無言の俺に有田は苦笑する。

「まったく、相変わらずの自信家だね」

「あたり前だ。自信もないのに腹掻っ捌かれたくないだろが、患者も」

有田はきょとんとした後、肩を揺らして大きく笑った。

「ああ、そりゃそうだ。失礼——ただ、言い方くらいは考えてやってもいいんじゃないか」

「無能に無能と言ってなにが悪い」

俺は能力もないくせに努力もせず自分の力以上のことをやろうとするやつが嫌いだ。迷惑だからだ。俺にじゃない、患者に対してだ。俺は医者だしあいつより知識もあるから対応できる。でも患者はそうはいかない。命まで握られてそれらしいことを並べられて、諾と従うしかできない。

「相変わらずはっきりしてるね」

有田は肩をすくめる。

「なあ有田、俺にはわからん。なぜあいつは……いや、あいつに限らず外科医にこだわる？　ほかに適性のある職があるかもしれんだろう」

言ってから考え、すぐに結論を出す。

「すまん、ないな」

「いやまあ、なんだろうねえ……医者なんか儲かる仕事でもないしね。ただ、あの人は、そうだな。一度感じた優越感から抜け出せてないような気がする」

優越感？

眉を寄せ視線で話を促す。

「だから、つまり……患者の命を自分が救った。有り体に言えば命を握った、そんな、まるで神になったかのような感情があるんじゃないかと」

「くだらん」

俺は吐き捨てて呟く。神だと？

「さっさと追い出さねえとな」

「追い出すって……あのさ、貴志川。いままで聞けてなかったけど、君、新宮院長のお嬢様と結婚して、なにやる気だよ」

俺は答えず、微かに頬を上げた。

「心配するな」

有田はできれば追い出したくない。実力は俺よりやや劣るものの、十分に戦力になる。

有田は呆れ顔で「貴志川」と眉を下げた。

「天音さんは、いいお嬢さんだよ。明るくて朗らかで優しくて。なにが目的か知らないけど、ちゃんと大切にしてやりなよ」

「してるに決まってるだろ。生涯で初めて結婚したいと思った女だぞ」

「本当に？」

疑いたっぷりの目で見られて、俺は笑う。

「今朝だって、口もとに米つけてたから取ってやった。真っ赤になって照れてたな」

少しだけ嘘を混ぜた。あれは照れていたんじゃなくて、俺が許可なく彼女に触れたせいで怒っていたのだ。

そうかあ、と有田は微笑む。

「弁当だって毎日持ってきてくれるし、まあそこは本当なんだろうね」

「なぜどいつもこいつも俺を人でなしみたいに扱うんだ」

「普段の態度のせいじゃない？」

俺は無言で肩をすくめ、ちらりと時計を見る。天音はそろそろ弁当を届けにくるだろう。今日もわざと忘れた——ぷりぷりと怒りながら、うちのヒヨコみたいな奥さんが弁当箱を持って現れるのを俺は待つ。

その日の夕方のことだった。野田看護師長が俺の車の前に無言で立っていた。肩をすくめる。

天音と結婚して以来、こうして彼女はときどき俺のところにやって来る。まあ理由はわかっているけれど——彼女は天音が心配でたまらないのだ。

「こんばんは」

頭を下げる野田師長に目礼を返す。師長は微かに目を伏せた後、思い切ったように口を開く。

「今日、トラブルがあったって。その、新宮さんにあまり心配をかけるようなことは」

「かけてませんよ。大丈夫です」

できるだけ柔らかな声で答える。野田師長にとって天音は〝たったひとり〟だと知っていた。彼女と天音は、笑顔がよく似ている。

「……ときどき不安になります」

「なにがですか」

「……大学病院で行方不明になった山口《やまぐち》先生、あなたが関わりあるんじゃないかって噂、ご存じですか」

「知ってますよ」

「本当に関わりないんですよね」

「ないですよ」

嘘だ。

けれど、ありますよなんて口が裂けたって言えない。

「まあ、とりあえずはデートなんだろうな」

スーツを着込んだ俺はそうひとりごち、高級料亭の前で腕時計をちらりと見た。そろそろいい頃合いだろう。

都内にある、政治家の会合などにも使われる老舗だ。もちろん一見《いちげん》なんか断られるここで、新宮院長夫妻が天音と食事をしているのを俺は知っていた。知っていたなんて格好つけたが、単純に天音から知らされていただけだ。次の日曜は両親と会います、と。絵画展へ行き昼食をとり、のんびりするのだと。

俺はフッと笑う。まったくお嬢様は警戒心がない。他人からひどく害されたことも踏み躙られたこともないんだろう。大切に大切に育てられてきた女を独占できる特権があることをうれしく思う。

料亭へ足を踏み入れると、出てきた案内係の着物の女が「あら」と微笑む。

「貴志川先生。ご無沙汰しています」

「新宮院長はどちらですか？　妻を迎えに来ました」

「かしこまりました。ご案内いたします」

大正にできた古い日本家屋を増改築してある料亭の廊下を進む。濃い黒と飴色が入り混じる磨かれた木材は、不思議な味を醸し出していた。

案内されたのは二階の一番奥まった座敷だ。案内係が声をかけ襖を開けると、新宮院長は「来たか」と笑った。その向かいで天音が「は？」と眉を寄せている。

新宮院長には事前に話をつけてあった。多忙でなかなかふたりで出かけられないので、サプライズでデートに誘いに行きます、と。

「どうして……」

「デートでもどうかなと思ってな」

ムッとした顔の天音に、夫人——といってもベテランの産婦人科医だ——が破顔する。

「やだ、天音ちゃん。もしかしてちゃんとかまってもらえなかったから、拗ねていたの？」

「すまないね、天音、透吾くん。新婚だというのに休みもとらせていなくて」

勘違いしたらしいふたりの台詞に、天音はハッとしたようだった。心配をかけたくないのだろう。

「かまってやれていなくてごめんな、天音。今日は詫びをさせてくれ。さあ、行こうか」

にっこりと笑って見せると、天音は歯噛みしたいのを我慢したのだか俺の笑顔に苛ついているのだか微妙な顔で、微笑み返してきた。

天音を連れ出し、停めてあった車に乗せる。天音は目を瞬いておそるおそるといった風情で助手席に乗り込んだ。

「どうした？」

「いえ……私、貴志川先生の手術以外の腕前、信用してないんです。車、運転しましょうか」

「言葉を返すようだが、俺もいまいちあんたの運転は信用できない。それにこれミッションだぞ」

「……ミッションで取ってますから、がんばれば運転できます」

しゅるりとシートベルトを締めながら天音は唇をヒヨコみたいに尖らせた。

「ああ、不安しかない……」

とてつもない偏見を言い放つ天音を無視して発車させた。料亭のあるあたりは先の大戦の空襲でも焼けなかった歴史ある街だ。京都の街並みをイメージさせる入り組んだ路地を抜け、大通りに出ると天音はおとなしくなった。

「どうした」

「いえ、案外と運転お上手だったので」

俺は目を瞬く——素直に褒めるだなんて少しびっくりした。天音もそれに思い至ったのか眉を寄せ「なんです」ときゅっとシートベルトを握る。その手には指輪が輝いている。ふと気がついた。そういえば俺は結婚式のすぐ後にはずしたまま、つけていなかった。

天音はつけていた。ずっと。

心臓が微かにいつもと違う鼓動を刻んだ気がして首を傾げそうになる。

「……絵を観に行ったんだろ」

話を変えて声をかけると、天音は素直に応じた。

「え、はい。印象派展です」

「ああ……モネだとかマネだとか、あの辺か」

絵画のことはよく知らない。興味がいっさいないからだ。布に絵の具が塗りつけられているだけのものを拝むのに、なぜ大挙して押しかけなければならないんだ。

「いえ、本邦の。黒田清輝《くろだせいき》だとか」

「あー……」

頭に浮かんだのは、湖畔で団扇《うちわ》片手に涼む女の顔だった。天音がくすくすと笑う。

「あはは、きっとイメージしてるの『湖畔』でしょ」

「そのまんまじゃねえか」

赤信号に停止させながらそう言うと、天音はなにがおもしろかったのか肩を揺らし、それから優しく目を細めた。

「……なんだ」

「いえ」

それから彼女は「貴志川先生は」と言葉を続けた。

「趣味はなんですか」

「そんなものない」

「……ないんですか」

「ないな。無駄なことはしない主義なんだ」

「映画なんかは観ないんですか」

「他人の作り話観て楽しいか？」

そう聞き返すと、天音はポカンとした。

「つ、作り話って」

「作り話だろ」

「そう言われればそうなんですけど」

納得しかねる、という顔で天音は呟く。

「じゃ、じゃあときどきランニングに行くのは」

「あれは体力を落とさないためだ」

外科医は下手をすれば丸一日立ちっぱなしでオペをする。体力が資本の仕事だ。外科が頭脳労働系ブルーカラーと呼ばれる所以でもある。

「楽しくないんですか」

「あんたは走るのが楽しいのか」

「私はそんなに。でも趣味にしてる人たくさんいるでしょ」

理解しかねた。

「あ、それこそドライブは？　それだけ上手ってことは楽しいでしょ？」

ミッションだし、と言い添えられる。

「別に楽しくはない」

「ええ、運転好きじゃないのにいまどきミッション取らないですよ」

そう言うからには、天音は運転が好きなんだろう。

「……玩具みたいな車が信用できんだけだ」

「ほらちゃんと好きなんですって、運転」

俺は納得はしなかったけれど、天音はそれでいいみたいだった。微かに舌打ちをしたが天音は気にもかけていない。

「ところで、どこに向かってるんです?」

「海」

「……海?」

青信号になり、きょとんとする天音を横目に発車させる。どこに彼女を連れていこうかと迷っていたとき、ふと思い出したのだ。かつて新宮院長が言っていた、天音は海が好きなんだと。

都内の埋立地、ショッピング施設やラグジュアリーめなレストランが立ち並ぶ一角で天音は「わあ」と目を輝かせた。微かに胸に充足感に似たものが湧き、理解しかねて眉を寄せた。まあ、喜ばせたのが思惑通りで得心しただけだろう。

「あんまりこっちのほう来ないんです……海のにおい、しますね」

うれしげな天音を不思議に思う。どう足掻いても透き通ったオーシャンブルーとは言いかねる海、その潮のにおい、でも天音はそれでいいらしい。

「引っ越すか」

するりとそんな言葉が出ていた。

「え？」

「海の近くに」

「ええっ、病院遠くなるしいいです。先生ただでさえ睡眠足りてなさそうなのに」

「俺？」

「はい、ちゃんと夜寝なきゃですよ」

そう言って天音は目を細める。微かに呼吸が乱れた気がして、小さく息を吐き出した。

予約しておいたカフェに入る。海が見えるテラス席を、天音はことのほか喜んだ。くるくると表情が変わるのを俺はなんとはなしに眺めた。きっと飽きないな、と思う。見ているだけで楽しくなりそうで、彼女を伴侶に選んだ自分自身の慧眼《けいがん》に感謝した。

テラスは夏だというのに空調で涼しい。エアーカーテンだろう。離れて見る東京の海はシアンを夏の日に輝かせていた。船がざあと澪《みお》を曳く。

「きれいですねー……」

俺はそう言う天音の顔を眺めた。海が綺麗だとはあまり思えなかった。ただ彼女の瞳は綺麗に見えた。

「綺麗ってのはなんだろうな、よくわからん」

「心が惹かれてるってことじゃないですか」

その言葉に目を丸くしかける。心が惹かれる？　——まさか。

「脳のなんらかの反応だろうな」

内側眼窩《ないそくがんか》前頭皮質の血流が増加しているんだよな、と思い出す。専門ではないが、まだまだ研究途上の分野のはずだ。

「夢のないことを」

天音は唇を尖らせ、それから小さく「聞いてもいいですか」と呟いた。

「貴志川先生のお母様……が、亡くなられたのは知っている、のですが」

「ああ」

「お墓はどちらに」

墓の場所を話すと、へえと天音は目を瞬いた。文人なんかも眠っているせいで観光客までやって来る都内の霊園だった。母の実家の墓だ。父の遺骨も、そちらに移してある。

「遅くなりましたが、今度お参りさせていただけませんか」

不思議に思う。そもそも墓のシステムも理解できていない。なんのためにあんなところに入れておくんだろう。

「かまわないが、場所が微妙だな。なにしろ納骨以来行っていない」

「……それは、その」

天音が言い淀む。早く言えと目線で促すと、彼女は思い切ったように言う。

「その、……思い出すからですか？　お母様を……」

一瞬意味を理解しかねて、ああ彼女は俺が寂しがっていると思っているのだと気がついた。同時に内心でニヤリと笑う。なるほど、母さん、利用させてもらっていいか？

まああの人のことだから、呆れながらも笑っているだろう──『まったく、しょうがないねえ。あんたは自分の感情に疎いんだから』

いつだか言われた言葉を思い出す。どうしてこのタイミングで？　まあいいか。

「そうだな。父さんが死んでから母子ふたりで生きてきたし──医者になったところも見せられなかった。寂しくないと言えば、嘘になる」

「……そうなんですか」

さぞかし寂しがっているかのように言葉を並べると、天音が俺の瞳を射抜くように見つめる。吸い込まれるような色合いだ。透明感のある、真っ直ぐな目。心配の色が滲んでいた。

「孫の顔が見たいと言われていたな。生まれたら連れていきたい」

「っ、ま、孫」

天音の頬が一気に赤くなる。首筋まで血の色を透かしていた。

「お嬢様、なにを想像しているんだ？」

「ひ、ひどいです。だいたい、私たちそんな関係じゃ」

「――夫婦だろ？」

そう言って天音の手を握る。天音はみじろぎした後、ちょっと困ったようにして肩から力を抜いた。おそらく俺が「寂しい」なんて言ったから気を遣っている。そういうところに俺は付け込む。そこに迷いはない。ないはずなのに、どうしてか心がざわつく。

「……少しだけこうしていていいか？」

「……はい」

天音の手が俺の手を握り返す。そうして天音は優しく頬を緩めた。

「お母様、鼻が高いはずです。息子さんがこんなに立派なお医者様になったのだから」

「──そうかな」

「私は……なれませんでした」

天音は呟く。

「貴志川先生からしたら、きっと……バカにすらしないでしょう。レベルが低すぎて。私ね、高校で勉強についていけなくなったんです。医学部にすら入れませんでした」

天音の目はテーブルの一点を見つめ、ただ何度も瞼を瞬かせている。

「本当は、両親の……跡を、自分で継ぎたかった……恩返しをして、医師として誰かを救ってみたかった」

淡々とした声が、かえって悲しみをありありと滾《たぎ》らせているようで。

俺はほとんど無意識に口を開いていた。

「あんたは人を救っているだろ」

「……え？」

「田辺だったか、本人だけじゃなく娘も孫もあんたが救った」

「わ、私はなにも。あれは貴志川先生が……」

「俺は手術しただけだ。それだけじゃだめなんだ。医療ってのはチームで、全員で救うんだ。そうあるべきなんだ——あんたもたしかにそのひとりだった」

しゃべり切ってから自分に呆れた。まったく、俺はつらつらとなにを口にしているんだか。

天音は目を瞬いた後、ゆっくりとその瞳に涙を湛えた。泣くなよと思う。心底面倒くさくてげんなりする。そう思うのに勝手に身体は動いて彼女の涙を拭う。

「ありがとうございます」

「——いや」

俺は答えて、このなんの苦労もせず天真爛漫に育ったお嬢様が、案外といろいろ抱えているのだと、そんなことを悟った。挫折したことがないから、その気持ちは理解してやれないが。

紅茶を飲みカフェを出たあたりで、天音が「お腹すきました」と笑う。

「料亭で散々食ったんじゃないのか?」

「それはそれとしてお腹すいたんです。なにか食べませんか」

「具体的に」

「軽食系？」

系ってなんだ。微かに苛ついて、それからいいことを思いついた。

「じゃあ俺のおすすめに行こう」

「貴志川先生のおすすめ？」

俺はにやりと笑う。どんな反応をするかな。

そうして彼女を連れてきたのは——かつて暮らした下町にあるもんじゃ焼きの店だった。

築何年だか知らないが、とにかく古い。交換部品もなさそうなエアコンは、調子がいいのだか悪いのだかわからない冷風を吐き出していた。油が染み付いている壁には水着姿のモデルがビールを持った何十年も前のポスターが貼られている。メニューは油性ペンの手書きで、鉄板のある机だって椅子だって清潔なのかどうか疑問だ。

そんな鉄板で、じゅう、ともんじゃのタネが焼けていく。

小さな「はがし」というヘラを片手に、天音はポカンとしていた。彼女の前には水の乾いた跡が残る小さなグラスがあった。ビールメーカーの名前が入ったそのグラスには、お冷とは名ばかりの水道水がなみなみと注がれている。

「これは……」

「もんじゃ焼き」

「もんじゃ焼き……」

天音はおずおずと鉄板を覗き込む。出汁の香りがふんわりと香る。俺は片方の口の端を上げた。

「お嬢様はこんなの口にできないか」

「ま、まさか！　美味しそうです。ただ初めて食べるので……その」

「食い方がわかんない？」

「そ、そうです……」

恥ずかしそうに肩を落とした天音の腹がきゅるると鳴った。

「わああ」

恥ずかしそうな天音に、俺ははがしでもんじゃをとって口もとに運んでやる。じゅう、と鉄板に押しつけて焦げを作るのも忘れずにだ。

「ほら、このあたりならもう食える」

天音は目を白黒させた。そうしてなにか考える仕草をした後、思い切ったように唇を開きもんじゃを口にした。

「あつっ！　わあ、あ、美味しい……！」

上品に口もとを押さえ、天音は頬を緩ませる。俺も同様にして食べた。以前とまったく変わらない味だ。

「よう透吾！　なんだ女連れて」

店の奥から嗄《しゃが》れた声がした。目をやると、この店の主人が薄手のタオルを首に下げて暖簾をくぐってきた。Tシャツではなく肌着の白いシャツを着ているせいでいろいろ透けている。

「おやっさん、ご無沙汰」

最後に会ったのはまだ研修医だった頃か。少し皺が増えたように思う。

「やだあお父さん、そんな格好で。透吾くんのお嫁さんだって。連れてきてくれたの！」

店番をしていた奥さんが「もー」と眉を寄せ、次の瞬間にはニコニコと天音に「ごめんなさいねえうちの宿六《やどろく》ったらうるさくって！」と笑う。

「宿六……？」

「ろくでなしの亭主って意味だ」

不思議そうな天音に教えてやると、すかさずおやっさんは鼻を鳴らす。

「うるせえなあ。嫁え？　お前、一丁前に嫁もらったのかよ」

どかっ、と俺の横の丸椅子に座りながらおやっさんは煙草と酒で灼けた声で楽しげに笑う。

「一丁前にって。おやっさん、俺もう三十二だぞ」

「へえ。オレからすりゃあ赤ん坊だよ。奥さんいくつなんだい」

「あ、えっと、二十五です」

おやっさんの雰囲気に気おされながら、天音は答えた。

「ずいぶん若い嫁さんもらったじゃねえかオイ」

がはは、とおやっさんは笑い俺の背中をばんばんと叩く。

「めでてえな。どうだい奥さん、こいついい男だろ」

天音は小さく目を瞠り、それから微笑む。

「はい、患者さん思いの素晴らしいドクターです」

俺はほんの少しだけ驚いた。どうやら本心のようだったからだ。

「だろ。こいつはさあ、苦労してんだよ案外と。親父さんちいせえ頃に亡くしてなあ、母子ふたりでがんばってきて。おふくろさんはコイツそっくりのべっぴんさんでさ、そこの商店街にあったスナックで雇われママをやってたんだよ。繁盛してたんだけどなあ、透吾帰ってくると『おかえりー！』ってでっけえ声で言うんだよ。ここまで声聞こえてるからな。そんくらい元気な人でなあ。それがな、コイツが中学んときか、おふくろさん倒れちまって。この辺の家総出で透吾の面倒見て、なあ」

「ありがたいと思ってるよ」

「そう思うならもう少し顔出せ」

おやっさんがそう言ったとき、がらがらと引き違い戸が開き一気に店内が騒がしくなる。見ると、俺の母校でもある中学校の野球部の坊主頭が「おやっさん、いけるー？」と押し寄せるように何人も入店してきていた。

「おう、どうだったんだよ試合はよ」

「勝ったよ！」

「そうかよめでてえこと続きじゃねえか。お前らの先輩もよ、結婚報告に寄ってくれたんだよ」

「結婚ー！」

「マジすか！」

「えーすげえ結婚」

中学生男子特有の底抜けに明るいテンションで、彼らは俺たちのほうを向いて「おめざます！」と次々に帽子を取って頭を下げた。「おめでとうございます」と言っているのだろう。天音は思い切りびっくりした顔で少年たちを見た後、うれしげに「ありがとう」と笑った。

結婚式当日よりうれしそうだった。

幼稚園から私立のお嬢様育ちの天音にとって、こんな小汚い店で食事をするのも、泥まみれの野球少年から頭を下げられるのも初めての経験だったと思う。けれど彼女はとても楽しそうだった。俺はその表情をどうしてかつい眺めてしまう。

少年たちが席にきゅうきゅうに詰まって座り、大騒ぎしながらもんじゃを食べ始めた頃、あらかた片付いた鉄板を見ながらぽつりと天音は言う。

「ていうか、貴志川先生、もんじゃ作るの上手でしたね。ヘラでキャベツ刻んで土手作って」

「まあな、もんじゃに限らず料理は得意だ。子どものころから家にひとりでいることが多かったからな」

天音は一瞬寂しげな顔を見せた後、唇を尖らせた。

「じゃあなんでやらないんです」

「必要ないから」

「ああそうですか。ほんとにもう」

ぷりぷりとヒヨコみたいに怒りながら、すっかり慣れた手つきで天音は最後のもんじゃを口に運んだ。

おやっさんの店を出て、車を停めた駐車場まで古い下町の商店街を歩く。すでに時刻は夕方で、オレンジの太陽がじりじりと熱い。

商店街の中ほどまで歩いたところで、ふ、と。そのつもりはなかったのに、足を止めてしまった。おやっさんの思い出話を聞いたせいだろう。

「どうしました」

「いや」

すぐ歩きだそうとしたのに、「あの、ここ」と天音は言う。

「お母様がやってたお店ですか」

俺は無言で、もう別の名前になっているスナックの看板を見上げた。それは肯定でしかなかったし、天音にも伝わったらしい。

「お母様のお店だった頃は、なんという名前のお店だったんですか」

「クリア」

「……あ、透吾の透から？」

俺は天音を見た。彼女の口から俺の名前が発されたことが物珍しかったせいか、小さく笑ってしまう。

「ああ。ダサいよな」

「そんなことありません。素敵な名前だと思います」

俺は虚を突かれた感じがして、じっと天音を見下ろす。ふわりと夏の風が頬をなでた。振り返ってかつて「クリア」だったスナックの扉を見た。

「貴志川先生?」

「いや」

茶色い安普請《やすぶしん》の扉は動かない。おかえりなんて、……もう、声も忘れかけている。代わりに、へたくそなカラオケの歌声が漏れ出ていた。

「なんでもない」

「そうですか。……あの」

彼女は少し迷ったそぶりをして、それから微かに目を伏せる。一生懸命になにか考えている。さっきも、俺がもんじゃを差し出したときに見せた表情だった。彼女はぱっと顔を上げると、笑って口を開いた。

「ねえ、貴志川先生。先生のお母さんのことをいろいろ教えてください」

俺は母親の死を利用して天音の心を懐柔しようとしていた。でもなんとなく、天音の行動はそれとはあまり関係ないような気がした。

——と、ちりんちりんと自転車のベルが鳴る。俺は反射的に天音を引き寄せた。

「危ないな」

ひとりごちながら見下ろすと、腕の中にいる天音は首まで赤くしている。細いその身体がひどく熱く感じると同時に、心臓が変な音を立てる。

離したくないと、そう思ってしまった。俺はその感情をかき消そうとして、しかし完璧には消えてくれず、少しだけ迷いながらせめてと天音の手を取った。

華奢なその手が、俺の手の中にある。彼女は抵抗しなかった。

商店街のざわつきが、やけに心地いい。俺は彼女の手を引き、歩きだした。

「さて、船に乗るか」

俺は切り替え、照れているらしい天音にそう告げる。

「は、はいそうしましょ……え? なんですって?」

「船」

「なにするんですか。釣り?」

どうして釣りが出てきた。

「ああ、まあ、それはそうですね……貴志川先生、ディナークルーズがお好きなんですか」

「次、いつ丸一日休みをとれるかわからんからな。やれることはやっておきたい」

目を瞬く天音に俺は言う。

「いや、ディナー」

「別に」

「まあそんなことだろうとは思ってましたよ」

天音は微かに手に力を込めた。彼女はほかの男とこうやって街を歩いたことがあるのだろうか、とどうでもいいはずの疑問が浮かんですぐにかき消した。そんなことどうでもいいはずだ。なのにその疑問は熾火のように肋骨の奥に残ってしまう。

「じゃあなんで連れていってくださるんです」

「天音が喜ぶことをしようと思って」

「どうして……って、もしかして本気なんですか、あれ」

「あれってなんだ?」

俺は歩きながらとても鷹揚に微笑む。ぐっと天音は眉を寄せたが、結局「あれですよ」と悔しそうに言った。

「『あんたから俺が欲しいって言わせてやる』ってやつ」

「愛してるとも言わなかったか？」

俺がそう言うと、天音は「はあ？」と目を剥いた。

「あのですねえ、貴志川先生。そんな素敵な言い方じゃなかったです。まったく心の込もってない『愛してやるよ』です」

「どっちでも一緒だろ」

「一緒じゃないです」

呆れた調子で天音が呟く。俺はどうにもおもしろくて笑ってしまった。

車でやって来た埠頭は、先ほどまでいたところとは少し場所が離れていた。こぢんまりとした小さなベイだ。助手席で天音は不思議そうな顔をする。

「ここって、貨物専用の港なんじゃないですか？」

「そうだ。混むのが嫌でオーナーと話をつけた」

指定された場所に車を停めると、待機していた貸切クルーズ船のスタッフが駆け寄ってきた。

「貴志川様、お待ちしておりました」

そう言って彼は俺たちをクルーズ船まで案内する。外付けの階段を上がりつつ、天音はきょろきょろとあたりを見回し、はっと気がついたように首を傾げた。

「そういえば、混むってなんなんです」

俺は無言で天音の手を引く。サプライズのつもりはなかったが、知らないというのなら利用させてもらおう。

窓際に用意されたテーブル席に、向かい合って座る。真っ白なクロスの上には、白と水色を基調としたブーケが生けられていた。

「わあ、可愛い」

予定通りの反応のはずなのに、なぜか鼓動が速くなる。喜んでくれたと単純に思ってしまった。天音が喜んだからってなんだ。

出航してしばらくすると、食事が運ばれてくる。食前酒からだ。車はスタッフが自宅まで届けてくれているため、遠慮なくいただく。

「美味しい」

天音はにっこりと笑った。そういえば、彼女と宴席を設けるのは初めてかもしれない。普段天音は飲まないから――だけれど、どうやらかなりいける口だと判明したのは、川魚のムニエルが提供されたあたりからだ。白ワインを水のようにすいすいと飲みながら美味しい美味しいと上品に皿を空にしていく。うわばみの上によく食べる。その割には華奢だ。太らない体質なのだろう。母親が生きていたらうらやましがるに違いなかった。

「――貴志川先生のお母様は」

天音はワイングラスを軽く傾けて呟く。

「お優しい方だったんですね」

どうしてそう思うのだろう、と目線を彼女に向ける。天音は微かに口角を上げた。

「だって、あなたのあの街での扱われ方を見ればわかります。貴志川先生って、あの街で愛されて育ったんですね」

俺はワインを口にして彼女の話の続きを待つ。

「……わからなかったんです。結婚式で聞きましたよね、なんでドクターになったんですかって。あなたは『できるから』と答えた」

その通りだとうなずく。俺にはできる。その才能を与えられた。

「だからって、あんなきつくてつらいお仕事をどうしてって思ってたんです。でも今日わかりました。あんな、自分のことより他人の幸せを喜ぶような街で育ったなら、あなたみたいになりますよね」

意図を捉えかねて眉を上げた。天音は柔らかく微笑んだ。

「自分より他人を優先するでしょ」

「俺はそんな人間じゃない」

これは本心だった。いつだって俺は自分のやりたいようにしてきた。そもそも、そんな殊勝な人間なら、恩人の娘を平気で脅して結婚なんてしていない。それに罪悪感すら抱いていないのだ。

「じゃあなんて言えばいいんですかね？」

「知るか」

「とにかくあなたは徹底的に目の前で苦しんでいる人を救うために全力を尽くす人なんだって……そう思います。そのために手段を選んだりはしないみたいだけれど」

後半に関しては同意できる。天音は言いたいことを言ってスッキリしたのか、満足そうにワインを飲み干した。

あらかた食べ終わり、あとは甘味を残すだけになった頃、俺は天音を誘い甲板に出た。潮風が髪をなでる。不思議そうな天音の前で、月もない濃紺の天を指さした。次の瞬間、ぱあっと火花が大きく開く。ワンテンポ遅れて破裂音――花火だ。

「え、わ、わあ！　今日花火大会でした？」

「逆に聞くが、今日ちらほら見かけていた浴衣姿の人間をなんだと思ってたんだ」

「ええ、ファッションかなあって……あ、また上がった。綺麗」

空で花開く金色が、墨染のような黒い水面にも反射している。天音は甲板の手すりにつかまり夢中になって空を見つめていた。俺も無言で彼女の横に並ぶ。なにげなく顔を見ると、その瞳に花火が映り込んでいた。肋骨の奥で、なにかがさざめく。は、と息を吐き出す俺を見上げ、天音が笑う。

「ねえ貴志川先生、さすがに花火は綺麗でしょう」

炎色反応だ、と答えたくなる。実際そう思う。でも口から出たのは「綺麗だ」という言葉だった。笑う天音の目から視線をはずせない。真っ直ぐな瞳が、虹彩が、腹の奥底を鷲掴みにしてくる。どうしてこんなに苛つくんだ。俺の感情が俺のものじゃないみたいだ。その苛つきが身体を勝手に動かした。天音の細腰を抱き寄せ、こめかみに唇を押しつける。息苦しくなる。もっと、もっと、もっと。頬を包んで、天音の唇に自分のものを重ねた。天音は身体を強張らせている。本能がこの女を屈服させようとしている。なのに、どうしてだろう、訳がわからない——大切にしなくてはと思ってしまう。息苦しい。この女を手に入れればなにか変わるのだろうか。

ようやく俺は彼女を渇望していることに気がつく。理由なんてきっとない。くだらない本能のせいだ。うざったいし面倒くさいが、ああ、この女が欲しい。そうだ、認めざるをえない。俺は信じられないことに、この女を……天音を愛している。

「なあ、天音。俺のものになれ」

先日と似たようなセリフを繰り返す。天音は俺の手を振り払うことはなかった、けれど俺を受け入れることもなかった。ただ目を丸くしたまま、無言で俺を見つめているだけだった。

【三章】恋

だって気がついてしまったんだもの。

貴志川先生は、本当に孤独なんだって。

口でも態度でもそんなそぶりは見せないし、もしかしたら本人もまったく気がついていないのかもしれない。でも、お母さんのことを話す彼の瞳に一瞬よぎった寂寞《せきばく》は……きっと真実だ。

「なんてわかりにくい人なんだろう」

私はお風呂につかりながら呟いた。信じられないくらい、自分の感情に疎い人だとも思う。それはきっと、彼が……人に尽くす才能を持って生まれてしまったせいだ。

彼は全身全霊をもって患者さんを救う。自分なんて二の次で、目の前で痛がって、苦しんでいる人を助けるために生涯を費やしてきた。きっとこれからもそうだ。ほかになにもいらないのだろう。そしてそれを成し遂げるだけの才能が、彼にはあった。

光り輝く才能があるというのは、本当に幸福なのだろうか。

それはきっと人を孤独にする。

誰もが彼に期待する。貴志川先生はそれに答え続けてきた。きっとこれからも、彼は自分を投げうって患者さんを救い続ける。たったひとりで。

「支えたい」

口からまろび出た言葉にぎょっとする。思わず口を押さえて眉を下げた。こんなこと思うだなんて……一緒に暮らしているうちに絆《ほだ》されてきてしまったのだろうか。

それとも。

「……なんであの日、キスなんてしてきたんだろ……」

私は口までを湯面に沈めぶくぶくと泡を吐き出す。思い出すと頬がこれでもかと熱くなる。お湯より熱いかも。だって初めてのキスだった。まつ毛さえ触れ合う至近距離にあった彼の信じられないほど美しくて端整なかんばせも、直接触れた柔らかくて少しかさついた唇の感触も、いまだ生々しくまざまざと記憶に刻まれているのだ。思い出すたび鼓動が大きく跳ね上がる。愛してやるよなんて言葉、きっと本心じゃないに決まっているのに。

彼が私にあんなことを言ったのは、おそらく私が彼に恋するように。そうすれば貴志川先生は私をさらに御しやすくなるから。

彼に突然デートなんてものに連れ出された日から、今日で一週間が経った。いったいなにがどうして、彼の中でどんな感情が生まれて私にキスをしたのか、まったくわからずじまいだ。なにしろあれ以来多忙すぎる彼とは朝食時以外会っていない。夕食は用意して待っているものの、ソファで寝落ちしてしまって……どうやら貴志川先生は、そんな私を毎晩律儀にベッドまで運んでくれているようだった。

私はぷは、と湯面から顔を出し呟く。

「やっぱり初日の寝落ちも、運んでくれていたのかな」

だとすればとても失礼なことをしてしまった。貴志川先生はそんなことしないと思い込んで、お礼すら言っていなかったのだから。

「……あ！　お礼」

私はざばりと立ち上がる。そうだ、お礼。デートに連れていってもらったお礼をしていない。

花火を見たディナークルーズはもちろん、カフェも、もんじゃ焼きもすごく楽しかった。なのにちゃんとお礼できていない。

「お礼かあ……」

湯船から出ながら考える。貴志川透吾が喜ぶもの、ってまったく予想ができなかった。

……そんなわけで、私は再びひとり、あのもんじゃのお店にやって来ていた。営業中の札が揺れる古い引き違い戸の前で少しまごついていると、ががらと扉が開いた。

「なにうろついてんだよ、もう開いてるよ……って、透吾の嫁さんじゃねえか」

「あ、すみません突然」

「なに言ってんだよ。こちとらモノ食わせる店なんだからいつ来たっていいんだよ。ほら入んな」

早口の店主さんに半ば強引にお店に引きずり込まれ、注文もしていないのに鉄板でもんじゃを作り始められてしまった。

「あ、あの、自分で」

「いいって、まだガキども来るまでに時間あっからよ」

店主さんのコテさばきは、貴志川先生のものによく似ていた。そう告げると、店主さんは呵々大笑する。

「ははは、てこたあよ、アイツ外科医だろ。メスさばきもコレに似てんじゃねえの。じゃあオレがあいつの師匠ってこったな！」

そう言って私に小さなコテ――「はがし」というらしい――を渡してくれた。

「コゲできるまでぎゅーっと押さえんだよ。おお、上手」

「ありがとうございます」

はふはふと美味しいもんじゃを食べていると、店主さんは「で？」と笑う。

「もんじゃ食いに来たってツラじゃなかったけどよ、どうしたんだ？　喧嘩か？　だとしたらあのバカ首に紐つけてでも引っ張ってきな、オレが隅田川に沈めてやっからよ」

「あ、あはは、違うんです。ええと、その……貴志川……じゃない、透吾さんになにかプレゼントしたいなって考えてて」

「ああそうか、アイツ誕生日近ぇもんな」

「はい、誕生日……誕生日⁉」

「ん？」

ものすごく怪訝な顔をされた。ま、まさか貴志川先生もうすぐ誕生日なの？　知らなかった……婚姻届なんかには記載されていたのだろうけれど、まったく見ていなかった。なんとまあ……と、自分に呆れる。まあ貴志川先生だって私の誕生日なんか記憶さえしていないだろうけれど。

「あ、あのその、そういうのもあってですね……ただ、私、彼の好きなものとかよく知らないなあって」

「へえ。そういや聞いてなかったけどよ、奥さん看護師かなんかかい」

「あ、私はクラークって言って……ナースステーションの事務ですね。患者様と病院側の調整なんかをする仕事です。入院手続きだとか、カルテ管理だとか」

「へえ、大変だねえ」

「いえ、周りの方に恵まれてまして……」

「するってこたあなんだい、職場結婚っちゅうわけだな。あいつやるなあ」

そう言って店主さんはにやりと笑う。私は曖昧に笑った。まさか貴志川先生に半ば脅迫されて……とはとても言えない。

「まあ、好きなモンなあ」

「趣味を聞いても『ない』としか教えてもらえなくて」

「はっはっは、あいつ趣味ねえのよ。全部全力だから趣味になんねえんだな、もう少し肩の力抜いて生きりゃいいものを」

店主さんの言葉に目から鱗が落ちた。趣味がない、ってそういう意味⁉

「でもなあ、あいつのあんな姿は初めて見たな。べた惚れしてんのな、奥さんに」

「……私？　ですか？」

「ほかに誰がいンだよ」

呆れたように言われて、それはそうなんだけれどと混乱する。

だって、あの貴志川透吾が？　私にベタ惚れ？

「あんな優しい顔で笑っちゃってなあ、おい。こっちが照れるっつの」

「わ、笑ってましたかね……」

「笑ってたよ。あんな顔はなあ、ああそうだ、学校で飼ってる鶏の卵が孵《かえ》ったとき以来に見たな」

「鶏……ですか？」

「おうよ。ヒヨコが生まれたとか言ってよ、珍しくニコニコして」

「へえ……」

私はとりあえずその情報を頭に焼き付けた。貴志川透吾はヒヨコが好き。ヒヨコって、なんか似合わないけれど。

「あいつはさあ、自分の感情に疎いんだ」

「……そうなんですか」

それに関しては、薄々そうじゃないかなとは思っていた。怒ったり嫌味を言ったりはするけれど、傍目にそれが顔に出ているかといえば決してそんなことはない。

うれしいとか綺麗だとか、そういうのもきっと……気がついていないだけ。だってクルーザーで花火を見たとき、たしかに彼の瞳には生き生きとした感情があるように見えたのだもの。

「あいつのお袋さんがまだ元気だった頃、そんな話になってな。もともと親父さんが運送会社を経営してたらしいんだよ。それが亡くなってすぐ、たしか透吾が五つかそこらじゃなかったかな、親戚に会社乗っ取られちまってなあ。そっからお袋さん、かなり苦労したみたいで」

初めて聞く内容に目を瞠る。そうだったの……。

「そんでなあ、そこから少しずつ、あいつ、感情を表に出さなくなっていったらしいんだ。心配かけたくなかったんだろうな、お袋さんによ。それで少しずつ、そういうのが板につくたび、本当に自分の感情がわっけわかんなくなってったんじゃないかって、お袋さん心配してたなあ」

店主さんはコップの水を飲み、続けた。

「小学校の……五年だったか、それくらいのときだよ。あいつ同級生がいじめられんの気に食わねえって中学生と喧嘩してだな」

「ええっ」

驚きつつ納得もする。「気に食わない」は貴志川先生が動くのにものすごく納得がいく理由だ。正義感からだなんて、本人は絶対認めないだろう。

「それでいじめはなくなったんだが、今度は透吾がターゲットにされちまってな。でもだーれも気がつかなかったんだよ」

「……え」

「つらそうなそぶりなんていっさい出さなかった。でもなあ、苦しかったはずなんだよ。まだ十かそこらのガキだぜ」

思わず黙ってしまう。もんじゃの美味しそうなにおいが、あたりに漂う。

まだ子どもだった貴志川先生……どれだけ悲しく、怖かっただろう。それをお母様や友達に心配させまいと、決して表には出さなかった……。

「本当に、態度にも言葉にもちっとも出さなかった。周りの大人どころか、同じクラスの子どもらでさえ気がついていなかったんだ。ありゃあ……本人も、苦しいなんて感じてないと思い込んでたんじゃねえかと、お袋さんも言っていた。それがかえって悲しいと」

私はきゅっと唇を噛む。明るくて優しかったという貴志川先生のお母様。我が子が苦しんでいると知って、どれだけつらかっただろう。

「そういや、発覚したのは、あいつが中学を掌握し終えてからだったな」

「そうですか……ん？　掌握……？」

私は「はがし」を取り落としかける。

「ま、まだ小学生……だったんですよね」

「そうだよ。だから暴力に頼ったわけじゃねえ。単純に全部知力で解決しやがった」

「知力で……」

「あいつはなあ、ほんっと医者なんてまっとうな道に進んでくれてよかった。まかり間違って極道やらに足突っ込んでたら、いま頃関東くらいは掌握してたんじゃねえか」

ひええ、なんて声が出かかって呑み込んだ。それだけで、なんとなく、貴志川先生がいかにして中学校を支配したのかが想像できる。弱味を握ることも脅迫することも誰かを利用することも、彼にとってはなんら痛痒《つうよう》を抱くものではなかったのだろう。

「まあおかげで、荒れてた中学が落ち着いたって、かえって先生たちには感謝されてたけどな。もちろん表立ってはンなこと言えねえけどよ。本人も飄々として大したことなかったよなんて言って。強がってるふうには見えなかったんだな、これが」

「はは……」

「でもよ、その後あいつ全身にばーっと原因不明の蕁麻疹《じんましん》できてよ、お袋さんはやっぱりつらかったんだなんて、泣いてなア。透吾本人はポカンとしてたけどよ。オレもありゃあ感情押し殺しすぎちまったせいだと思ってるね」

私はうなずく。彼は……決して善人じゃない。でもちゃんと彼の中で筋があって、それはなにがなんでも通すのだ。お母様に苦労と心配をかけないこと、いじめは気に食わないってこと。その筋を通すためなら彼は自らの感情なんかいくらでも殺す——自己犠牲を厭わない。医師としていまの彼がそうであるように。

そんな自己犠牲を長く続けるうちに、感情を無視し続けるうちに、本当の自分の感情に疎くなってしまったのが、いまの貴志川先生だ。私はなんだか、それはとても悲しいことだと思う。……そんな彼に寄り添いたいと、そう思ってしまった。

その後も店主さんからいろいろ聞いて、もんじゃを食べ終わった頃、近所の中学生たちがまた押し寄せてきた。価格もかなりリーズナブルだから、子どもたちが部活帰り、夕飯前に小腹を満たすのにちょうどいいのだろう。忙しくなる店主さんにお礼を言って、お会計をしようとしたら固辞された。

「勝手に出したんだからよ!」

「ええ、でもそんなわけにも」

「いーんだよ。ホラ、オレぁ忙しいから、帰った帰った!」

笑顔で「また来なよ!」と見送られ、とりあえずお店を出た。またお礼に来なきゃ……って、お礼する人が多いなと思う。とりあえずは貴志川先生だ。

　ヒヨコ、ヒヨコねえ。


「起きていたのか」

　その日はなんとか眠らずに貴志川先生を待つことができた。貴志川先生はダイニングの椅子に座りながら、ソファにいる私を見て、それから用意された食事を見て、ものすごく複雑そうな表情を浮かべた。

「……なんだこれは」

「ヒヨコですけども」

　今日のメニューはオムライスだ。黄色い卵の上にケチャップでヒヨコを描いた。

「それはわかる」

「貴志川先生って誕生日いつなんですか」

　そう聞くと、彼は不思議そうな顔をする。

「そんなこと知ってどうなるんだ」

「いや旦那さんの誕生日くらい知っておいたほうがいいでしょ」

「……それもそうか。八月一日」

本当にもうすぐだった。というか明後日だ。

「私のも知りたいですか」

「知ってる。六月七日」

そう言ってから「ああ」と微かに目を瞬いた。

「祝ってなかったな。いまからでも遅くない。なにが欲しい?」

「いや遅いですよ」

答えつつびっくりしていた。え、知ってたの。

「誤差の範囲だ」

絶対にそんなことないと思うのだけれど。

「いいです。とくに欲しいものもないので」

そう答えつつ、オムライスを食べるためスプーンを持った彼の左手に指輪があるのを発見した。

「あれ?」

「どうした」

「あ、いえ……」

見間違いかと二度見したけれど、薬指にきっちりと指輪が嵌《は》まっている。結婚式当日にはもうはずされていたのに。なんだかいまさらドギマギしてしまう。いったいいつ、どのタイミングでつけ直したのだろう？　なんのために？

「……あ、で。これ誕生日プレゼントです。とりあえず第一弾」

私は立ち上がり、彼のところまで行ってそれを渡した。ラッピングもされていない。たまたまもんじゃ焼きの帰りにゲームセンターを見つけ、初めてやってみたクレーンゲームでこれを手に入れたのだ。

「なんだこれは」

「ヒヨコです」

私は貴志川先生に手のひらサイズのヒヨコのぬいぐるみがついたキーホルダーを渡す。少しぶちゃいくな顔のぷっくりしたヒヨコだ。貴志川先生は無言でそれを見つめて、その後「いったい」と呟いた。

「いったいなにがあんたをヒヨコフリークにしたんだ？」

「ち、違います。ヒヨコが好きなのは貴志川先生でしょ？　今日、もんじゃ屋さんで聞いたんです」

「おやっさん、いったいなにを」

そう言った後、しげしげと彼はヒヨコを眺め、私の顔の横に並べる。

「ふ、似ている」

「……え⁉」

私は横目でヒヨコを見た。こ、これに似ている……⁉　そりゃあ絶世の美女ではないにせよ、それはひどくないだろうか。

「ひ、ひどいです貴志川先生。似てません」

「似てる。ほら怒った顔なんかそっくりだ」

にやにやと貴志川先生はご満悦そうにヒヨコを眺め、それから小さく目を伏せた。

「ありがとう」

私は耳がどうにかしたのかと思った。聞き間違い？　あの貴志川透吾が「ありがとう」って？

私はまじまじと彼を見る。貴志川先生はむっと眉を寄せた。

「なんだ？」

「い、いえ。お礼を言われるだなんて思っていなかったので……」

「あんたは俺をいったいなんだと」

「天才ドクターですよ、もちろん」

貴志川先生は思い切り鼻白んだ顔をする。私はやけにおもしろくてくすくす笑いながら、「そうだ」と手を叩いた。

「明後日、ちゃんとしたプレゼント用意します。なにがいいですか？　先日のお礼も兼ねて」

「先日？」

「デート、連れていってくださったじゃないですか」

「いらん」

「そう言わず」

引き下がると、貴志川先生は私の指先を握る。

「貴志川先生……？」

「なら、ひとつ頼みたいことがある」

「なんでしょうか。なんなりと」

「……名前で」

名前？と首を傾げる。

「俺を名前で呼んでくれ」

「え、っと」

貴志川先生は別段どうという顔もしていない。いつも通りのムカつくくらいのすまし顔だ。なのに、その声に微かに懇願が混じっているような——そんな気が、して。

貴志川透吾に懇願？　猫に小判より似合わない。

「それくらいいいだろ」

「い、いいですよ。でも、そんなのお礼にもプレゼントにもならないんじゃ」

そう言い募る私に、貴志川先生は「ふん」と鼻を鳴らす。

「呼ぶのか、呼ばないのか。はっきりしろ」

「よ、呼びます。……透吾、さん」

貴志川先生は……透吾さんは、無言で私の手の甲に唇を押しつけた。恭《うやうや》しく、まるでお姫様にするかのようなキスを。

手の甲がやけどしそうに熱くなった気がした。心臓が自分のものじゃないくらいに高鳴って、制御できない。口から出てきそう！

そんな私から、彼は至っていつも通りの表情で手を離し、再びスプーンを持ってオムライスを食べ始める。ヒヨコの絵なんかおかまいなしだ。

「あ、ああ、ヒヨコが」

私はまだ手の甲に熱さを感じながら崩されるヒヨコに声をあげる。そんなに容赦なくスプーンを入れなくとも……。

「……あんたはたい焼きが食えないタイプの人間なのか」

「そんな人います？」

私が聞くと、透吾さんは本気で呆れた顔をして、でもひと言「うまい」と呟いた。


翌日のことだった。京香が妙なものを見たといった顔をして私に話しかけてくる。夜勤のときに幽霊を見たと教えてくれたときと同じ顔をしていた。

「ねーえ貴志川先生の奥さん。あのヒヨコなあに」

「え？　キーホルダーの？」

「そうそう。なんか貴志川先生、あれ異様に気に入ってるっぽくて、白衣のポケットから顔覗いてるんだけどなあにあれ……」

こっわ、と言われて私のプレゼントだと言えなくなる。でも内心でくすくす笑っていた。なんだ、結局ヒヨコ好きなんじゃない。

そういうところ可愛い、と思ってしまって戸惑う。あの人のこと、可愛いって思ってしまう日が来るなんて。

「可愛くはないよね……かっこいいけど」

小さくそう呟いて、自分でもそう言ってしまったのが信じられなくて内心「いまのなし！」と焦る。わ、私、いったいなにを考えているの……！

「どうしたの天音」

「な、なんでも」

焦りながらパソコンに目を移す。よくわからない感情で胸があったかい……。キスされた手の甲がやけに熱い気がして、どうしてもこの胸の高鳴りがときめきのように思えて。

そんなはずない、私が彼を好きなはずが。

……本当に？

頭の中がごちゃごちゃしてきてしまう。いったん忘れよう。そう思うのに透吾さんのことが頭から離れてくれない。

そうして、混乱したまま突入したお昼休み。

ついでがあって、書類を一階の受付へ届けに行くことになった。すでに提出した書類だったけれど、広原さんから不備があるからもう一度出すようにと依頼されたのだ。……広原さんが担当した部分での不備で、これでもう三回目だった。京香なんかは『絶対に嫌がらせじゃん』と言うけれど、単純なミスかもしれないし。あまり人は疑いたくない……と、その途中、中庭の大きな楠の下に透吾さんがいるのを見つけた。

車いすの男の子と一緒だ。あ、と気がつく。あの子、事故で骨折した子だ。サッカーをしていたらしいその子は、リハビリにあまり積極的ではないらしい。サッカーが大好きなのだろう、膝にボールを抱えていた。

その子と透吾さんの関わりについて考えて、そんなものないはずだけどなと首を傾げた。男の子の怪我は骨折で、決して消化器ではないのだから。

なにかあったのかな。

少し迷った後、とりあえず書類を届けてから中庭に抜けるピロティに向かった。高い天井まであるガラスの向こうで、透吾さんは男の子となにか熱心に話している。私はガラス戸を押し、中庭に出た。途端に大きくなる蝉の大合唱と一緒に、夏の熱がたっぷりと詰まった空気が肌にまとわりつく。外に出た瞬間に汗が噴き出した。この猛暑だ、なにを話しているか知らないけれど、室内に入ったほうがいい。そう声をかけようとして、私も彼らから少し離れた別の木陰に入って――そうして日向とはまったく違う空気感に驚く。木の下って、こんなに涼しかったっけ。

「蝉を捕まえるにはな、コツがあるんだ」

私に気がついているのかいないのか、透吾さんは楽しげに男の子としゃべり続けている。私は少し呆然として彼の表情を見つめた――こんな子どもみたいな顔する人だっけ。

「えー、貴志川先生でも素手は無理だって」

「ん？ よし見てろよ……ほら」

捕まえられた蝉が騒がしくわめく。

「うわーマジか」

そう言いながら男の子は蝉を受け取る。透吾さんは少し得意げな顔をした。私は彼から目が離せなくなる。きらきらと葉を透かす夏の陽が落ちてきている。透吾さんのかんばせの上で光と影が入り混じる。息の仕方さえ忘れたようにただ彼を見つめる。

ああ――子どもみたいに純粋で、なんて綺麗な人なんだろう。

「先生、頭もよくて虫捕まえんのも得意って反則じゃん」

男の子の言葉に一瞬意味を捉えかね、それからくすっと笑ってしまった。彼くらいの年齢だと、虫捕りが上手というのは相当に尊敬される対象なのだろう。

「サッカーもうまいぞ」

「ええ、嘘」

「貸してみろ」

透吾さんは男の子が膝に抱えていたサッカーボールを受け取り、ひょいひょいとリフティングし始めた。太もも、踵、インサイド。軽やかに白衣の裾が舞った。身体の横に蹴り上げたボールを、足をクロスしてまた蹴り上げ、そうして頭にまでのせてしまう。

「えええマジかよ、クソうまい」

男の子はびっくりしたのか、蝉を逃がしてしまう。蝉はあっという間に夏の空に飛び上がっていった。

「高校のときまでは無限にし続けられたけどな、もう無理だな」

そう言いながら透吾さんはポン、と男の子のところまでボールを蹴って返す。ボールは夏の陽を浴びて煌めきながら弧を描き、寸分の狂いもなく男の子の膝に届く。男の子はそれを手で受け取って「無限って嘘だあ」と笑った。

「マジだよ。リフティングなんてコツと練習だ。毎日やってりゃ嫌でも続くようになる」

もんじゃ焼きの店主さんの言葉を思い出す——すべてに全力を尽くす、透吾さん。きっとリフティングだって全力で、何十回も何百回も、それこそ何万回も、数えられないほど練習して身につけたものなんだろう。

「ほんと?」

「リハビリがんばったら、リフティングのコツ教えてやるよ」

「え」

「しんどいぞリハビリは。でもそれ乗り越えたらお前なんでもできる根性身についてるよ。俺のリフティングの真髄はそんくらい根性あるやつにしか教えない」

「えー……マジかあ……しんどいの？」

「嘘ついてもどうにもならないからはっきり言う。きついな」

「でも、サッカーうまくなる？」

「なるよ。保証する」

私は目を瞠る——あの子に「またサッカーやれるようリハビリがんばろう」じゃなくて、「リハビリやったらむしろサッカー上手になる」って、透吾さんはそう誘導したのだ。目的のためには手段を選ばない透吾さんらしい。

「……わかった。リハビリ、がんばる」

そうなずいた男の子に、透吾さんはにかっと笑った。いつもの陰がある笑い方ではなくて、夏の太陽みたいな、そんな笑い方——ああ、この人は、本来こんなふうに感情を露わにして笑える人なんだ。

男の子のお母さんが反対側の廊下にある扉のほうから迎えに来て、彼は病棟に戻っていった。私はその背中を見送る——さっきよりも、ずっと、しゃんとした背中だった。

「あいつと約束したからな。知り合いでプロのリハビリに関わってるやつがいる。うちのスタッフと話し合わせていいプログラム組ませよう」

「きゃああ」

いきなり背後からした声にあまりにびっくりしすぎて、その場でぴょんと飛び跳ねてしまった。うお、と透吾さんが避ける。

「いきなりなんだ」

「こ、こっちの台詞です。急にうしろから声かけてくるから」

透吾さんは呆れたように肩をすくめた。

「盗み聞きしておいて」

「そ、そんなつもりは」

そう言ってから、コホンと咳ばらいをして言葉を続けた。

「それにしても、どうしてあの子と知り合いなんです」

「夜中に談話室でヨーロッパサッカーの試合見てたんだよ、あいつ。こっそり病室抜け出して」

「あら」

「それで、ときどき話すようになった」

透吾さんはそうして、あの男の子はどうもリハビリのメニューが合わないのではないかと気がついたらしい。

「あいつ都代表だったんだよ、小学生の。ならそれに合わせたメニューにしてやんないとだろ？　なのにあいつに用意されてんのは判で押したかのような小学生男児用プログラムだ。患者は同一規格の製品じゃない」

そうして、私を見て言い添えた。

「俺はそういう病院が作りたいんだ。あいつだけじゃない、ひとりひとりに合った医療が適切に受けられる最高の病院を」

透吾さんはいつも全力。なにをするにも最速で走っていく。そのための努力はいっさい惜しまない。自己犠牲はもはやデフォルト、身を粉にしたって突き進む——そりゃあ、そんな人からしたら、周りは手を抜いて見えるはずだ。スピードが違う。彼が周囲に苛ついているのも、冷淡になってしまうのも、そのあたりが原因だろう。

彼は……孤独だ。

「……できそうですか」

「すでに数人引き抜きが決まってる。ドクターもスタッフもな。勉強会も効率がいい。いいモンだな、次期院長の椅子ってのは。どいつもこいつも俺に逆らえねえもんな」

めちゃくちゃ悪い笑顔でとってもうれしそうに言われ、私は妙に脱力して笑ってしまった。

「あっは、やっぱり悪い人だ、あなたは」

「俺のどこが。清廉潔白で生真面目だろ」

飄々と言われて、私はすうっと息を吸い、両手を上げた。

彼を、守りたいと思う。支えたいと、寄り添いたいとはっきり気がついてしまった。

見てみたいのだ。彼が描く理想を、その先を――。

ここの院長夫妻の娘である私にしか、それはできない。

私は微笑みため息をつく。

「負けました」

「なにが」

「以前透吾さんがおっしゃっていた通りです――こういえばいいですか?」

私は小さく首を傾げた。

「あなたが欲しい」

透吾さんは無言で私を見下ろした後、ふっと表情を消した。どんな感情もその整ったかんばせには浮かんでいないというのに、そこには苛烈ななにかが渦巻いているように思えた。

「とう、ご、さ……?」

思わず息を呑み名前を呼んだ私を、彼はぐいっと身体ごと押すように、樹の幹に押しつける。そうして顎をつかみ上を向けさせた。

「な、なにを急に……っ」

抵抗する私を黙らせるように、ほとんど唇をぶつけるだけのようなキスをされる。

「は、んん……っ」

混乱しながらも、私は目を見開き身体をよじり、口を開く。

「やだ、っ、誰かにみ、見られちゃ……っ」

「窓からは死角だ。よかったな」

そう言ってほとんど性急と言ってもいいほどの動作で、再び私の唇に彼のものを重ねてくる。

「ん、んん……っ」

うまく息ができない。顔どころか全身が熱いのは、気温のせい？ それともこのキスのせい……？　ばたばたと身体を動かすも、かえってぎゅうっと抱きしめられ樹に押しつけられる。

口の中にぬるりと彼の舌が入ってきた。びっくりして舌を縮めると、優しく後頭部をなでられた。まるで子どもをなだめているかのような仕草で、子ども扱いされているような気がするのに、簡単にこわばりが解けてしまう。途端に舌と舌が絡み、擂り合わされ、気がつけば誘い出され甘噛みされて……それは、あまりにも魅惑的な感覚で。

官能、とはこんなとろりと甘い蜂蜜のような気配のことをいうのだろうか。

「は、あ……」

私はくてんと力を抜き、彼に身体を預けるような姿勢でただ口の中を貪られ続ける。思考なんてなにもできなかった。頬の粘膜や口蓋まで味わわれ、目から生理的な涙がぽろりと零れたのを知覚しただけ。

透吾さんは私から唇をようやく離す。抱き留められたまま睨むと、彼は「はは」と笑った。

「なんだ。そっちが煽ったんだろ」

「煽ってなんか……っ」

ふん、と透吾さんは笑う。

「続きはまたな、お嬢様」

そうして私を樹の下に残したまま、上機嫌で透吾さんは歩き去っていく。絶対に思いやりのある態度ではない。『愛してやる』なんて絶対に嘘。愛されてるなんてとうてい思えない。あんな強引なキス、本当にありえない！

……ありえないのに、信じられないほどときめいている。これは、そう、要はつまり……負けたのだ。貴志川透吾に、思いっ切り恋をした。

恋をしたからといって、なにか変わるわけでもない。透吾さんは忙しそうだし、朝食のときくらいしか顔を合わせないし……でも、甘やかな接触が増えた気がする。髪の毛をすくってキスされたり、抱き寄せて頭に頬を寄せられたりすると、本当にドキドキしてしまう。

ある日は、朝食用のレタスを洗っている私を背後から抱きしめてきて、首筋に顔を埋められた。恥ずかしいのとくすぐったいのとで身をよじると、うれしげにこめかみにキスされた。また一緒に家を出た日は、運転するとき以外はずうっと手をつながれていた。それだけではなく、手のひらを指先でくすぐられたり、人目のないところで手の甲にキスをされたり……。とにかく毎日、息継ぎもできないほど甘く甘く接されていた。

また、別の日は……。

「あ、あの、病院、行かなくていいんですか」

「だから出勤しようとしているだろ」

「じゃ、じゃあなんで私」

それ以上言葉が続かなかった。だって玄関で抱き寄せられて、頭だのこめかみだのに唇を寄せられているんだから。

「ん？　さあな、抱きしめ心地がいいからじゃないか」

「そ、そんな。人をぬいぐるみみたいに……」

「天音」

私の耳もとで、透吾さんが低く掠れた声でささやく。

「俺は子どもじゃない。ぬいぐるみにこんなことはしないさ」

そう言って私の耳殻をかりっと、微かに甘く噛んだ。驚きとともに、自分から上ずった吐息が零れる。恥ずかしすぎて身をすくめた私の髪に、驚くほど優しく彼は唇を寄せた。

「初心だな」

そう言ってさらりと髪を梳き、ようやく彼は出勤する。私は床にぺたんと座り込み、胸もとで手を握りしめて小さく叫んだ。

「ドキドキしすぎて、心臓持たない……っ」


そんな毎日に浮かれていたせい……だろうか。休みの日、京香と行ったカフェで、思わぬ怪我をしてしまった。

「いたたた……」

カフェのほんのちょっとした段差に躓《つまず》いて、思い切り足首を捻ってしまったのだ。低いヒールで、折れにくいパンプスだと思うのに、ヒールも思い切り折れてしまっていた。通勤でも履いているお気に入りだったけれど、ヘビロテしすぎたかなあ。折れたところとは別に、削ったような跡までついている。それにしても不自然なほどだから、変なところにぶつけてしまったのかもしれない。

痛がる私に京香はすぐ応急手当をしてくれた。さすが看護師さんだ。

「腫れるようなら診てもらったほうがいいよ」

「うん。ありがとう」

あまり歩き回れる状態でもなく、私はおとなしく痛む足で帰宅した。

リビングに入ると、珍しく透吾さんがいた。私が足を庇って歩いているのを見て微かに眉を上げ、じっと私を見てくる。無言で説明を求められている気がして、私は
「……こけました」と小さく言った。

ぱたん、と透吾さんは読んでいた本を閉じ、スタスタと私のところまで歩いてくる。そうしてふわりとなんの躊躇いもなく私を抱き上げた。

「と、透吾さん⁉」

かああ、と頬に熱が集まる。

「暴れるな」

低く言われてシュンとする。怒っているのだろうか。彼の感情はなんにもわからない。

透吾さんは私をソファにすとんと下ろした。自分はラグに膝をつき、私の足首を取る。大きな手のひらの温かさと、男性らしい指先の硬さにどぎまぎとした。

「これは？」

足に巻かれたテーピングのことだろう。京香がしてくれたと話すと、彼はなんのためらいもなくそれをはずした。

「ああ、せっかく……」

「先に冷やせ」

彼は立ち上がり、冷凍庫から氷をビニール袋に入れて戻ってきた。無言で患部を冷やされる。シンとしてしまって、私は焦る。ああ、なにか話さなくっちゃ。

「あ、あのですね、段差がふたつありまして」

透吾さんが私を見上げて「なんの話だ」という顔をした。

「こけたときの状況についてです……その。カフェに入ったとき、段差ございますのでお気を付けてって言われたんです。だから私、段に気を付けて下りて、よし大丈夫って安心したらですね、なんともうひとつ段差があって」

要は私のケアレスミスなのだけれど。

透吾さんは思い切り呆れた顔をしていた。苦笑を返すと、ため息をつかれた。

「はは……」

愛想笑いしてしまう私を、透吾さんはソファに押し倒す。

「え、あ、あれ?」

至近距離に透吾さんの綺麗な顔があった。すっと通った鼻筋、精悍な眉目、男性的な端整さに微かに入り混じる女性的にも思える艶やかさ。仄かに陰のある鳶色の瞳……は、すぐに離れていく。

キスされるかも、なんてドキドキしていた私を尻目に、透吾さんは私の足の下にクッションを挟んだ。

「しばらく安静にしていろ」

そう言って部屋を出ていく。ポカンとその広い背中を見送って、それから胸の上に手を置いて「はあ」と息を吐く。心臓は破裂しそうに鼓動している。

我ながら、なんて簡単な女なのだろうと思う。

本当に落とされて、あなたが欲しいと言わされて、子どもみたいにドキドキしているのだから。きっと「ちょろい女」って私みたいな人のことを言うんだ……。

本当に愛してもらえるわけがないのに。

それにしても、私はあんな人のどこがいいんだろう。怪我しているっていうのに「大丈夫か？」のひと言もない。私が彼に惚れるよう仕向けたのだって、結局は私を思い通りにしたいがためでそれ以上では決してないのだろうし。でもそれをわかっていて、最初から愛情なんて求めていないせいか、まったく悲壮感はない。だって彼は誰に対してもそうなんだもの。

少しだけ。

ほんの少しだけ、寂しく思ってしまうけれど。

ちゃんとわかっているのだ、私が彼に甘やかに接せられるのは、彼の野望のためだって。私を扱いやすくするためだって。キリッと鋭い胸の痛みは、見ないふりをする。

その願いを——彼に愛されたいという望みを意識してしまえば、苦しくなるばかりだろうから。

「……というか、どこ行ったのかな」

しばらく天井を眺めた後、気分を切り替えそう呟くのとリビングのドアが開くのとは同時だった。

私は目を疑う——彼が持っていたのはテーピング用具一式だった。

「明日から、お前の出勤前に固定してやる」

まさか、これを買いに行ってくれていたの……？

「あ、ありがとうございます」

「天音。お前、職場で嫌がらせなんかされていないよな」

「え」

目を瞬く。一瞬だけ、相変わらずきつくあたってきたり、地味に仕事を押しつけてくる広原さんが浮かんだけれど、すぐにかき消した。嫌がらせってほどじゃない。

「いえ、別に」

「……そうか。ああ、それと、家の中で動きたいときは俺に言え」

「……とは？」

「運んでやるから。風呂でもなんでも」

「おっ、お風呂はいいですっ」

「脱衣所までだ。まあ」

透吾さんは微かに頬を上げる。陰のない、ちょっといたずらっぽい、夏の陽みたいな笑顔——の、片鱗のような、笑い方。

「洗ってほしいなら言え」

「だ、だだだ大丈夫ですっ」

透吾さんは肩を揺らして笑う。ああ、この笑顔だ。この少年みたいな笑い方に、私、落ちちゃったんだよなあ。かっこいい人のギャップはずるいと思う……。

幸いにも痛みはすぐに引き、秋口に入る頃には足首を伸ばしてもほとんど痛まないようにはなっていた。透吾さんはときおり、足首に触れてなにかを確認していたけれど。

空には千切れたイワシ雲が浮かんでいる。風もすっかり秋めいた九月半ばの朝、お味噌汁を飲んでいた透吾さんは、興味があるのかないのかよくわからない顔をして私の話を聞いていた。

「従兄？」

「はい。父方で……医大を出た後、アメリカの大学に留学して、そのままあちらでドクターをしているんです。このたび帰ってくるそうで、しばらく非常勤としてうちで働くみたいです」

年齢はたしか透吾さんと同じだ。それを告げても、やはり彼にはそこまで興味がないように見えた。そのまま彼は朝食を完食して、丁寧に手を合わせた。

「ごちそうさま」

「お粗末さまでした」

私より先に彼は出勤していく。泊まり込みのこともあるけれど……。

玄関まで見送りに行くと、軽く抱きしめられて頭にキスを落とされる。このところこんなルーティンだ。あの夏の日以来、ちゃんとしたキスをされたこともなければ、それ以上のこともしてこない。単純に女性として見ていないのかもしれない。それにしてはこういった甘やかな接触はされていて、意味がわからない。恋愛経験が豊富であれば意図がわかるものなのだろうか。

透吾さんは私の髪の毛から唇を離すと、いってきますのひと言もなく、スタスタと玄関を出ていく。いただきますとかごちそうさまは言う人だけれど、いってきますもただいまもない。私は単なる彼の目的のためのオプションだから、わざわざそんな挨拶は必要ないのだろうか……なんてちょっとうしろ向きなことを考えて、頬をペチンと叩いて気合を入れた。あの人に愛情を期待するなんて間違っている。私は最初から彼の手のひらで踊らされているだけだ。そして、それが嫌ではなくなってしまっている。

「恋ってこんなんだっけ……」

恋愛して交際をしたことはないけれど、初恋くらいはさすがにある。もっと甘酸っぱくて、ときめいて、幸せだった気がする。

まあ、別にいいのだ。そんな人を好きになっちゃった私がどうかしているんだし。そもそも恋なんて、きっとどうかしちゃうことなんだから。切なく心は痛むけれど、彼のそばにいられる幸福を思えば、そんな痛みなんてどうってことない。――そうでしょ？

だから、望まないこと。希望を抱かないこと。私はそれを自分に言い聞かせる。

従兄の蒼真《そうま》くんが帰国したのは、すっかり秋が深まった十月の終わりの日曜日だった。実家に挨拶に来てくれた、と母から連絡がありひとり向かう。遊歩道に植えられたプラタナスの大きな葉が、煉瓦道の上でカサカサと風に舞う。踏むと乾いた音がしておもしろい……とブーツでわざと踏みながら歩いていると、「おい」と呆れた声がした。

「こけるぞ」

「……透吾さん」

少し先の茶色がかった橙《だいだい》の葉が揺れる街路樹の下で、透吾さんはノーカラーコートのポケットに手を突っ込み立っていた。内心で「あああ」と叫ぶ。変なところ、というか子どもっぽいことをしているところ、見られちゃった……！

「あ、あの、お仕事じゃ」

気恥ずかしさをごまかすためにそう聞くと、透吾さんは「切り上げてきた」と淡々と言った。

「挨拶くらいはしておこうかなと」

「そうですか？　ありがとうございます」

私が言うと、透吾さんは一瞬顔になにか言いたげな色を浮かべ、けれどすぐに私と並んで歩き始めた。

「でも、わざわざ挨拶なんて……あれでしょう、蒼真くん結構腕がいいらしいから、目をつけてるんでしょう」

理想の病院作りの、だ。

実際透吾さんは改革に大鉈《おおなた》を振るい始めていた。有能なドクターやスタッフを招《しょう》聘《へい》し、そして同時に研修体制も確立させつつある。さっそく話題になっていて、国立大学病院のドクターまで研修や勉強会に参加しているほどだ。

「何本か論文に目を通した。あちらの大学でも評判はいい」

悪くない、とにやりと陰のある調子で笑い呟いた。ああなんて悪い人の笑顔でしょう。私は肩をすくめる。

「ところで俺がクビにした救急の芦部《あしべ》、あんたが診療所のほうに引き抜いたのか」

はい、とうなずく。

病院に人員を増やす一方で、彼は「使えない」と判断した人員への退職勧告に、いっさいの躊躇がなかった。リストラ担当になった人事の人は高確率で精神的に参ってしまうと耳にしたことがあるけれど、彼の場合はとても生き生きしている。おそらく目標に向かって邁進している彼は、わき目を振る余裕がないのだと思う。とはいえ、反感を買う恐れは十分にある。

そこで、その辺のリカバリーは父の助けを借り私が担当していた。系列病院でそれぞれ再研修を受けてもらったり、適性を見直して配置換えをしたりと、まあ、そんな感じだ。

「芦部先生、たしかに一刻一秒を争う状況での瞬時の判断能力は透吾さんが求めるレベルには達せなかったかもしれません。でもそのぶん気が長いほうでしたし、その上で熟慮できる方ではないかな、と父と相談して」

そこで系列の診療所での勤務を頼んだ。どちらかというと高齢の方が多いエリアだ。一見関係ないような世間話から病気を見つけ出したりと、総合的な知識が必要となる。芦部先生自身はバリバリ救急でやっていきたかったのかもしれないけれど……正直、診療所でかなり評判がいい。その話をすると、透吾さんは微かに肩をすくめた。ありがとう、と言われた気がするけれど……どうだろう、勘違いかもしれない。

そんなわけで、普段のクラークとしての仕事に加えサポート業務も増えてきて忙しい。けれど、直接的に病院の改革に関われることは、透吾さんを支えられているような気がして、とてもやりがいがあった。

「そういえば、野田さんを看護部長に抜擢する話があったらしいですね」

ああ、と透吾さんは小さくうなずく。

「断られたがな」

「現場にいたいってことでしょうね」

「……まあ、な」

透吾さんはすっと視線を前に向ける。

「離れがたいんだろう」

なにが、と聞こうとして、きっと「現場から」ってことだろうと納得する。

そうしてふと、思い出した。少し前、トイレから出てきた野田さんが大きめの黄色い付箋を握りしめていたのだ。とても怖い表情で……私に気がつくと微笑んでくれたけれど、あれ、なんだったんだろう。

困りごとがあるなら相談してほしいなあ、と思いつつ透吾さんに続いて歩道を歩いていく。

実家に着くと、すぐさま両親が出てきてニコニコと私を抱きしめてくれた。小さいころからの、我が家の慣習だ。

「おかえり、天音」

「おかえりなさい、天音ちゃん」

優しく穏やかな両親のそばは、ホッとする。

「透吾くんもわざわざすまなかったね。例の件もすっかり任せているし、忙しいだろうに」

例の件、とは病院改革のことだ。玄関でスリッパに履き替えながら、透吾さんは「いえ」と微笑んだ。

「長年の宿願ですので。任せていただいて光栄です」

透吾さんの言葉に、父はしっかりとうなずく。

かつて透吾さんのお母様の主治医だったという父と透吾さんには、奇妙な連帯感のようなものをときどき感じる。

客間に入ると、ソファに座っていた蒼真くんがぱっと立ち上がる。

「天音！　元気だったか」

「もちろん」

蒼真くんは私を軽くハグした。すっかりアメリカ流が板についているらしい。

それにしても、とこっそりと笑う。高校時代の私だったら、きっと照れて真っ赤になってしまっていただろう。なにしろ、私の初恋の人はこの蒼真くんなのだ。もちろん当時二十歳を超えていた彼は私を子どもとしか思っていなかっただろうし、当然相手にもされていなかっただろうけれど。そしてそのまま彼は米国の大学に留学して……私たちの結婚式も親戚を招待しなかったから、彼に会うのは十年ぶりとか、それくらいだ。

「で、そっちがご主人。貴志川透吾……さん」

そう微かに硬い声で言って蒼真くんは透吾さんを見る。見る……というよりもはや睨む、のほうが正解だったかもしれない。

「蒼真くん……？」

私の声かけに、蒼真くんはハッとした顔で微笑む。

「失礼。……新宮蒼真です」

「貴志川透吾です。もうご存じのようですが」

そう言って目を細める透吾さんの瞳は、さっきまでとまるで違っていた。鋭く、どこか敵意さえ感じる。遊歩道で蒼真くんの話題が出たときは、興味があるのをしっかりと感じていたのだけれど……。ばちばちと火花が飛び散っているような感覚さえする。

とはいえソファで五人、お茶をしている間は穏やかな雰囲気だった。

「明後日からさっそく勤務だなんて、疲れていないの？　蒼真くん」

「はは、その年齢でいまだに激務こなしてる伯母様に言われたくはないなあ」

「あらやだ！　言ってくれちゃって」

「そうだよ、もう少し休みをとってよ。お父さんもだよ。もっと言ってやって蒼真くん」

「天音は心配性だなあ」

笑う両親の言葉を引き取るようにして、黙っていた透吾さんが微笑んで口を開く。

「たしかに彼女は心配性なところがありますね。そういえば、俺の食生活を心配して、毎日弁当を作ってくれるんですよ」

「あら、そうなの」

母がからかうような視線を向けてくる。私は口をもごもごさせて、少し視線をはずした。なにしろ本当に好きになってしまっているので、妙に照れるのだ。

「だ、だってご飯食べないの心配だし」

「必要な量はとっていると伝えたんですがね」

そう言って透吾さんは軽く私の肩を抱く。どうしよう、頬が熱い。おやおやと父が目を丸くした。

「すっかり新婚らしくなって」

「はは、家ではもっといちゃついてますよ」

「そんなこと……！」

私はアワアワと両手を振るけれど、すっかり安心した顔をしている両親を見て、えへへと眉を下げた。いいよね、少なくとも私の気持ちは本物なのだし。

最初からあきらめている恋心は、ときどき切ないけれど、でも期待しないぶんとっても気楽だった。

「……本当に、天音を透吾くんに任せてよかった」

父がすこし寂しそうに、けれど安心した声で言う。そうだ、安心させられたのだから、これでいいんだ。欲張っちゃいけないよね。

透吾さんと蒼真くんの雰囲気が最悪なものだと気がついたのは、蒼真くんを彼のマンションまで送る途中のことだった。

「俺が車出しますよ」と透吾さんが車を取りに私たちのマンションに戻る。ほどなくして連絡がきて、実家の外まで両親が見送りに来て——私も一緒に車に乗って。蒼真くんのマンションに到着するまではよかった。よそよそしいなりに、お互いの専門である消化器外科についてや、うちの病院のことについて意見交換なんかをしていた。

そこまではよかった。

マンションの前で車を降り、蒼真くんを見送る。透吾さんは運転席に座ったまま、薄く笑って軽く頭を下げていた。それに会釈し返した蒼真くんは、私に向かって「なあ」と声のトーンを変えて口を開いた。

「天音、君、本当に幸せなのか」

「……え?」

「結婚したとは聞いていた。きっと幸せになったのだろうと……でも、なにも貴志川透吾なんて悪評しかない男を夫に選ぶことはなかっただろ?」

私は目を瞬き、それから苦笑した。

「やだ、あの人の悪い噂、アメリカまで届いてるの? でもね、本当は……」

「天音」

蒼真くんは微かに声を荒げ私を呼ぶ。

「天音、君、騙されているんだ。なんなんだ、あの仲のよいそぶりは。あんな男じゃないだろ。僕、学生時代のあいつを知ってる。たしかに超がつくほど優秀なのは認める。天才なんだろう。でも、嫌な男だと思った」

そうして一拍置いて、続けた。

「やつは、人命を預かる医者にふさわしくなんかない」

「……そんなことないよ」

私はゆっくりと首を振る。

「たしかに誤解されやすい人だよ。でも、彼は本当にいいドクターなの」

「だから騙されているだけだって……！」

蒼真くんが焦れたように私の手首を掴んだ。

「蒼真くん……？」

「君は知らないのかもしれないが、……やつの先輩がひとり、行方不明になってる」

私は小さく息を呑んだ。

結婚する前に、野田さんに聞いた噂だった。

「さすがに殺した……はないにしても、似たような噂が当時まことしやかにされてた。火のないところに煙は立たないというだろ」

私はゆるゆると首を振る。透吾さんは、そんな人じゃ……。

「病院の後継にふさわしい人物というのなら……僕じゃだめだったのか？」

「え」

目を瞬く私に、蒼真くんは「だって」と小さく言う。

「こんな七つも年上の男に言われたら嫌がられるかと黙っていた。けれど、僕は……実は、日本にいるとき、君に恋していたんだ……」

私は驚きのあまりに目を見開いてしまう。

「従妹なら結婚できる」

「で、でも」

でもじゃない。私は……。

私は、透吾さんじゃなきゃだめなんだ。

そう口にしようとした瞬間、私は誰かの温かな体温に包まれ蒼真くんから引き離される。

振り向けば、ほんの少しだけその綺麗な目を細めた透吾さんが私を彼の腕の中に閉じ込めていた。

「と、……透吾さん？」

「かわいそうに。天音はもう俺以外じゃ満足できない身体になっているのに、なにも知らずにな」

「……は⁉」

私は頬に熱が集まるのを覚える。き、キス以上のことはされてない！

……でもたしかに、彼の言う通りだ……透吾さん以外に触れられたくない。彼がいい、透吾さんだけが……。

そう考え目線を逸らす私を見下ろし、透吾さんは余裕たっぷりで笑って蒼真くんに顔を向けた。

「新婚に横槍を入れるなんて無粋なやつだな」

あくまで飄々と彼は言い放つ。途端に蒼真くんは肩をいからせた。

「天音と結婚したのは、金のためだろう！　お前なんか医者の風上にも置けない……！」

「苦労知らずのおぼっちゃまに天音はもったいないよ」

そう言って透吾さんは私のこめかみにキスを落とす。押しつけられた柔らかな唇の感触に、心の奥が解けていくのを覚えた……ああ、そういうことか。

彼が私にキス以上のことをしなかった理由。

私は彼に蜘蛛の糸のように絡めとられていく最中だったのだ。

私が彼のことだけを考え、彼以外欲しくない、彼なしでは生きていけないと、そう思わせるために——蜘蛛がゆっくりと獲物を糸で動けなくさせるように、彼は私に教え込んでいたのだ。もう彼から離れられないって。

車に放り込まれるみたいに乗せられて、すぐに発車した。しばらく行ったところで路肩に停車され、どうしたのかと顔を見ると、彼はしゅるりとシートベルトをはずした。

「あの、なにか用事でも」

「黙っていろ」

そう言ったが早いか、私は助手席のシートに押しつけられるようにして荒々しくキスをされる。目を閉じる暇もなかった。驚きのあまり目を見開いたまま、口内を舌で貪られていく。

「ん、ん……っ」

彼の舌が私の口の中を這い回る。私の反応も、動きも、どうでもいいようだった。でもそれがたまらないほど気持ちがよくて……とろとろに心臓が蕩けてしまいそう。拍動するたびに彼への感情が増していく。

ゆっくりと唇が離れた。はあ、と息を吐き出すと唇をなでられる。思った以上に慈しみ深く優しい仕草に思えて、ついドキドキとしてしまった。恥ずかしくて目を逸らすと、透吾さんは私の手首を掴んだ。……蒼真くんが掴んでいた手だ。そうして手首の内側に口づけられた。思わず肩を揺らした私の目をじっと見つめながら、透吾さんはカリ、と動脈のあるあたりを軽く噛む。

「あ……」

「まったく……簡単にほかの男に気を許して」

唇を押しつけられたまま言われ、心臓が爆発しそうにぎゅっとした。

「そ、そんなんじゃ」

思わず言い返すと、じっと見つめられる。たじろいだ私の頬を、透吾さんの指先がなでていき、耳朶を軽くなでた。ゾクゾクと背中が粟立つ。嫌な鳥肌ではなくて……快楽に近い、不思議な感覚。

「そう誘う顔をするな。こっちだって我慢しているんだ」

首筋をなでられながらそう言われ、私の心がわななく。とっくに私はもうあなたでがんじがらめなのに。

「嫉妬……して、くれた、んですか」

「嫉妬？　誰が、誰に」

心底不思議そうに言われて笑う。そうでしょう、あなたはそういう人だもの。

「なんでもありません」

「――天音」

透吾さんは私の顎をくいっと押し上げる。

「お前は誰の女だ？」

そうして頬をくすぐり、低い掠れた声で聞いてくる。

身体の奥から蕩けていく、そんな声音――。

「あなたの、妻です」

「……わかっているならいい」

そう言って彼は私の唇に再びむしゃぶりつく。舌が蕩けてしまいそうなほど、呼吸を忘れてしまいそうなほど、私は彼に貪られ続けた。

「もっと俺に落ちろ」

耳もとでささやかれた声には、やけに熱がこもっているような、そんな気がした。

やめて、愛してもいないくせにそんな甘い熱を私に与えるのは――。

愛されたいというあさましい願いが、さらに大きくなっていった。

【四章】欲（side透吾）

気に食わない。まったく、気に食わない。

俺は目の前で背を丸め全身から脂汗を垂らす男を見下ろし、小首を傾げ目を細めて笑って見せた。

「……クソが」

男は——新宮蒼真はそう言って俺を睨み返す。相当痛いだろうに、……これほどの能力を持つ男なら、自分がいまどんな状況かわかっているだろうに、それでも俺を睨みつけるのをやめない。

知らず、頬が上がる。

こいつは気に食わない男だ。天音の初恋の男らしいし、……と考えてから不思議に思う。どうしてそんなことが理由になるんだ。天音の過去の男がどこの誰であっても、俺には関係ないことだろうに。なのに、どうして俺はあのとき天音にキスなんてしたのだろう？

考えつつも身体は動いている。

——緊急手術だ。


新宮蒼真は勤務初日から注目の的だった。なにしろ米国帰りの優秀なドクターであることは誰の目から見ても明らかで、さらには院長夫妻の甥でもある。

『従兄でしょ？　新宮さんのお婿さん、蒼真先生でもよかったんじゃないの？』

『それはそうよね。親戚ってことで、院長としてすわりもいいし』

口さがない看護師が、職員用の談話スペースでそう噂しているのを小耳に挟んだ。

こちらは休憩でコーヒーを飲んでいるというのに、自販機の横にいる彼女らはまったく俺に気がつかない。

『落合さんから聞いたんだけど』

『落合京香？　ああ、新宮さんと仲いいよね』

『あのね、新宮さんって蒼真先生が初恋なんですって』

『ええ、そうなの』

コーヒーを飲み終わり、なにも言わずに横を通り過ぎると悲鳴をあげられた。まったくなんなんだ、道の真ん中で勝手に人のことを話題にしていたのはそっちだろうに。

最悪、そうなったとしても——つまり、天音が初恋の相手である蒼真を選んだとしても、まあ別にかまわない。ここまで病院の改革がスタートし順調に進んでいるいま、ここまできて手を止めるなんて、俺をはずすなんてことはないだろうから。

なのに腹が立つ。イライラするし喉の奥が苦しくなる。この感情の意味がわからない。天音を愛してしまっているからなのか？

ここまで感情を乱されるのは、本当に久しぶりだった。嫌な感覚だ。脳が全然クリアにならない。

天音は天音で、普通に蒼真と接触したらしいことに腹が立つ。もちろん俺にそれを止める権利はない。あいつらは従兄妹どうしであり、俺よりよほど付き合いが長く……と考えていると、また喉になにか苦く硬い感情が押し寄せてきて閉口する。

とはいえ、直接ふたりきりで会ったのは一度だけらしい。『夫が失礼なことを』と謝罪したのだと聞いて少し溜飲が下がった。まさか、俺は「天音の夫であること」を喜んでいるのか。自慢に、誇りに思っているのか。そんなまさか――。

モヤモヤする胸中とは違い、仕事はかえって順調だった。……というか、少し悔しいことにコンディションも以前よりいい。おそらく、いや確実に天音が食事を俺に食わせているせいだった。頭ではわかっていたものの、以前はそれより優先すべきことがらが多すぎて己の食生活にまで手が回らなかった。

「……今度、礼にどこか連れていくか」

ぽつり、と弁当を食べつつ呟いた。今日、日曜日は本来は休みだ。少し事務仕事をしようと出勤したらあっというまに昼飯時で、どうしたものかと思っていると、その次の瞬間、看護師が飛び込んできた。

「っ、き、貴志川先生。よかった、やっぱりいた」

「どうした」

「新宮さんが倒れたんです」

瞬間に俺は立ち上がった——らしかった。立ち上がった勢いで倒れた椅子が床にあたる音がして看護師がハッとして首を振る。

「す、すみません、奥さんじゃなくて蒼真さんのほうです」

俺は微かに眉を上げ、自分の行動をいぶかしむ。俺はいま、天音が倒れたと勘違いして慌てて立ち上がったのか？

なんのために？

……そんなことはどうでもいい。

「容体は」

「発語はあるそうです。発熱あり、血圧は低めで頻脈、乳酸値も高いです。それで、

CTで腹水が……」

救急医ではない俺が「患者が倒れた」で救急から呼ばれた理由はひとつ。消化器になんらかの疾患がある。それも緊急手術を必要とするような──例えば虫垂炎、胆嚢炎、腸閉塞など──があるということだった。乳酸値が高いことからなんらかのショック状態が疑われ、すでに血圧を上げる加療が行われていた。

エコーで腹膜炎の疑いがもたれ、さらに検査したところ、十二指腸で内容物が貯留しているのがCTに映り込んだ。指先など冷え切っており敗血症ショックの疑いも濃厚だった。

──死亡例もある。状況によっては胃ごと切除が必要だ。

けれど、外科医である蒼真はそれを望まないだろう。外科医なんか体力勝負だ。胃がない状態で、果たしてどこまでやれるか……。

「抗菌薬は？」

「投与開始しています」

敗血症は抗菌薬の投与が遅れるほど死亡率が上がる。輸液も血管収縮薬もすでに開始されていて、念のため血液培養もされていると聞いてうなずく。

手術前室で、二種類の液体せっけんでよく手を洗い、拭き上げる。アルコール消毒を行ったのちにガウンを着て、麻酔を待つ蒼真のもとに向かった。

「……あんたか」

顔には脂汗、よほど腹部が痛むのか背を丸めている。「クソが」と悪態をつく余力はあるらしい蒼真に笑ってみせた後、その笑った顔のまま言葉を続けた。

「心配するな。いままでにないくらいのベストコンディションで退院させてやる」

「……自分の状況くらい、自分がよくわかってる」

「わかってないのは俺についてだよ、新宮蒼真」

麻酔科医が麻酔を入れる準備を始める。俺は蒼真に向けて笑みを深めた。

「格の違いってやつを教えてやるよ、おぼっちゃま」


俺は全身麻酔というものを受けたことがない。だが患者に聞けば「気持ちよかった」などと言う人間が少なからずいることから、少し受けてみたい興味はある。

新宮蒼真の目が覚めたらしい、というのは天音からメッセージがきた。蒼真が倒れたと知って泡を食って駆けつけたのだ——それは少し気に食わない。

容態でも見てやるかと病室に向かう。病室には天音がいるはずだ。なんとなくふたりきりにさせたくない。廊下の窓から見える景色は、すっかり秋の夜だった。寒くなっているだろうとなんとなく思う。病室の前で、ふと足を止める。天音と蒼真が会話しているのが聞こえてきたからだ。

天音はあんな声で俺とは会話しないなと思う。心臓が微かに痛んで、俺は小さく息を吸った。

「——やっぱりね。蒼真くんのことだから、そうかなと思った」

「うん、ごめん」

　蒼真がかなり明瞭に会話をしていることに、医師として安心する。まああのオペを一時間もかからずやってやったのだから感謝してほしい。麻酔しているとはいえ、短いほうが体力の消費も少ない。

「あはは。でもね、私も蒼真くんに憧れてるみたいなところあったかも」

「え？　それは光栄だな」

　楽しげな、幼い頃からお互いを知っている従兄妹どうしの会話。……憧れ、ね。まあ、どうでもいいさ。天音は俺の妻だ。

　そう平静を装おうとしているのにできない。

　俺は息を吸い、うつむいて口もとを手で覆う。胸の痛みの正体に、はっきりと気がついてしまった。

嫉妬だ。

嫉妬している。天音から柔らかに微笑まれ、明るく気安い声を向けられるあの男に対して、俺は明確に嫉妬していた。頭の中がぐちゃぐちゃだ。衝動のようなものが身体を突き動かそうとしている。いますぐ病室に飛び込んで天音を抱きしめ俺のものだと叫びたい。

……いつから俺はこんな醜悪でどうしようもない感情を抱いていた？

わからない。ただ狂おしいほどに、彼女を求めている。

初めての感情に戸惑いが隠せない。そんな、こんな子どもみたいに惑うだなんて……！　天音を愛してしまったのはわかっていた。けれど、人を愛するというのは、こんなに苦しいことなのか。

病室から楽しげな笑い声がする。奥歯を噛みしめた。

こんな感情なら、むしろないほうがマシだ。そう思うのに湧き出る想いに逆らえない。

天音をどこかに閉じ込めたいとすら思う。俺だけに微笑み俺だけに声をかけ俺だけを愛するように……愛、だなんて。誰かを、愛する日が俺にやってくるだなんて。それにしたって、こんな悍《おぞ》ましい感情を、愛と呼ぶと仮定するのならば、だけれど。

「退院したら、お祝いしようね」

蒼真に話しかける天音の声の、なんと優しいことか。

ギリギリのプライドで怒鳴り込むのを耐え、感情をことさらに抑えつけ、開いていたスライドドアをノックする。

「調子は」

「あ、透吾さん」

振り向き微笑む天音に胸が高鳴る。ああもうどうしようもないほど、この女は俺の心臓になっていた。もうきっと、彼女がいないと俺は生きていけやしないのだ。呼吸さえままならない。横たわった蒼真は微かに目を見開き、それから目礼した。

「胃を残してくれたと聞きました」

抗菌薬の投与は続いていた。モニタをちらっと見て血圧と乳酸値が安定しているのを確認した。軽く息を吐く。

「切らんでいいもんは切らん」

「はは……ありがとうございます」

それから蒼真はぽつりと「本当に格が違ったな」と呟く。

「ありがとうございました。それから、僕が回復したら……非常勤ではなく、正式にここに置いてもらえませんか」

俺は無言で蒼真を見る。嫌だ出ていけ。天音のそばにいてほしくない。

けれど蒼真ほど腕のいい医者は滅多にいない。クソが。

「好きにしろ」

それだけ呟いて病室を出た。あのままあそこにいたら病人になにをするかわかったものじゃなかった。

帰宅すると天音がにこやかに言う。

「よかったですね、透吾さんの最初の目論見通りじゃないですか」

「なにが」

「え？　蒼真くんをうちの戦力にすること？」

その通りだ。わかっている。なのに頭の中は汚いぐちゃぐちゃした感情でいっぱいだった。

ネクタイをはずしながら天音を見下ろす。

彼女はきょとんと俺を見上げた。

ここで俺が彼女を押し倒し組み敷いてさんざんに貪ったとしても、天音は別に怒りやしないだろう。彼女は俺に「負け」を認めている。つまり、好きだと——そう俺に伝えていた。

にもかかわらず、俺が性的な意味で彼女を抱かなかったのは……欲望を抑えつけて

まで触れなかったのは、俺が単にもっと天音を落としたかっただけで……身じろぎさ

えできないほど、俺に惚れてほしかっただけで。

そうして俺以外見えなくなってしまってから、心がすべて俺のものになってから、

身体もすっかり俺のものにしたかったのだ。

天音の一部では満足できない。全部全部天音が俺のものにならないと安心できな

かった。だから、……ああ、言い訳だ。

俺は怖かった。

初めて愛した女性。閉じ込めておきたい。大切にしたい。俺だけに笑ってほし

い。……幸せに笑っていてほしい。

もし触れたことで、抱いたことで怖がられたら嫌だった。バカみたいだ。好きすぎ

て手が出せなかっただけだ。ガキじゃあるまいし。そう思うのにまだ怖い。

俺から離れていったら。

そう思うと、口の中が苦く感じる。泣きたいような気分になる。

天音といると初めての感情が波みたいに次々と打ち寄せてくる——溺れる。いや、とっくに……俺はもう、彼女にすっかり溺れてしまっている。息もできない。

衝動のままに天音を腕に閉じ込めた。腕に力が入ってしまっているのがわかる。少し彼女が苦しそうに身じろぎして、ハッとして俺は腕から力を抜いた。ぶらんと俺の両腕が揺れる。……俺はいったい、なにを。

自分で自分を制御できないなんて、生まれて初めてだ。

「透吾さん？」

天音の声を無視して俺は背を向ける。目の奥が熱いような気がして、俺は必死でそれを押さえつけた。


秋は日々深まっていき、冬がもうそこに見え始めていた。

ハロウィンが近いせいか、病棟の飾り付けもかぼちゃだの幽霊だのになっている。……病院に幽霊はよくないんじゃないかと思うけれど誰も指摘しない。そんなことを考えているのは俺だけだろう、と思いつつ弁当を食っていると、天音がひょい、と顔を出した。どきっとしてしまう。頬に熱が集まりそうで必死でごまかした。

「お疲れさまです……あれ、有田先生は？」

「オペ」

「わあ、そうですか。じゃあ一緒に渡しておいてもらえます？」

天音は俺に焼菓子の包みを渡す。昨日、キッチンに残っていた甘い香りの正体はこれか。無言で受け取る。指先が少し彼女に触れただけで、ひどく熱く感じた。

「トリックオアトリート、です」

そう言って菓子を渡した天音は部屋を出ていく。

「……菓子を配る人間の台詞ではないだろ」

知らず頬が上がる。有田なんかにやるのはもったいないなと、俺は有田のぶんも食べ切ってしまうことにする。こんな些細なことで心が解けて、幸福なんてものまで覚えてしまう。

院内の天音と蒼真の噂話はなかなかおさまらなかった。

いわく、毎日のように病室に通っていると。

いわく、本当に仲睦まじい様子だと——ああ、苦しい。

俺は自販機のボタンを叩きつけるように押した。なんで人間にはこんな感情があるんだ。なくたっていいはずだ。俺が俺ではなくなっていく。

蝶のさなぎは、一度あの中でどろどろに溶けてから成虫になる。

俺も皮膚の内側で俺という人間がすっかり作り直されたような気分だった。

常に苛ついていた。でも誰もそれに気がつかない。びっくりするほど日々は順調で、これ以上望んでいないほどで、なのに俺は、ただ天音が俺から離れていくかもという恐怖で身動きすらとれない。一緒にいればイライラして、顔が見えなければ不安で苦しくて。

もう自分自身でも俺という人間をどう扱っていいのかわからない。


俺の様子が変だと気がついたのは、天音本人だった。

「……透吾さんぴりぴりしてますよね」

十一月の半ば。今年は都内ですでに初雪が舞っていた、それだけ冷えた冬のはじめのこと。帰宅すると天音はまだ起きていて、こたつに入ってミカンを食べていた。……こたつなんていつ買ったんだ。まあいいけれど。

「してない」

端的に答え、スーツから部屋着に着替えてダイニングテーブルの席に座る。今日はシチューで、まだ出来立てのようだった。おそらく俺の帰宅に気づいて鍋からよそってくれたのだろう。

「あー……一緒に食べません？」

天音はそう言って、勝手に俺の夕食をこたつのほうに運ぶ。パジャマにカーディガンを羽織っていた。

「そう怖い顔しないで。ほら、あったかいですよ」

俺はなにも言わずこたつに入る。実際温かい。……こたつなんて何年ぶりだ。

「私ねえ、こたつ憧れてたんですよ。でも実家になくって。欲しくなって買っちゃいました」

シチューを食いながらうなずく。まああの西洋風の豪邸に、あまりこたつは似合わないかもしれない。

「うれしすぎて、こたつで暮らせそう」

天音はにっこりと笑って俺の顔を覗き込み、それから眉を下げた。

「あの……私のこと、飽きちゃいました？」

「は？」

思わずスプーンを取り落としかける。俺が？　天音に？　日々どころか刻々と、底なし沼にずぶずぶ沈んでいっているというのに。

「……わかってるんですよ？　あなたのことを好きになるように仕組んだのだって、

私を扱いやすくするためなんだろうなあって……でも、好きだから、あまりかまってもらえないの、寂しいです」

えへへと彼女は笑う。ぎゅうっと心臓が握りつぶされたような気分になる。違う、本当は優しくしたい、甘やかしたい。それがうまく言葉にならない。

「……どうして俺なんか好きになった」

絞り出した声は掠れていた。天音は不思議そうに首を傾げた。

「あなたがそう仕向けたんでしょ。でも、まあ……あなた、真っ直ぐながんばり屋さんだから」

目を丸くした。そんなふうに言われたことなんか、一度もない。

「本当に不器用で優しい人。大好きです」

そう言って天音は俺の頬をなでる。たおやかな指使いが、ひどく心地いい。

「あのね、私。今年の初詣、大吉だったんですよ」

俺は心地よさに身を任せ、じっと天音の顔を見つめる。

「そのときはね、嘘だあって思ったんです。でもねいまは……本当だったたって思ってます。だって大好きな人ができたんですから」

そうしてはにかんで笑う。

「大好き」

俺はほとんど反射的に天音を腕の中に閉じ込めていた。

「……っ、誰が、お前に飽きてるなんて言った」

「え、あ、だって……様子が変だし、その、えっと、き、キスとかもしてくれな……んんっ」

唇を重ね、ゆっくりと離れて、皮一枚微かに触れ合った状態のまま軽くため息をつき、言う。

「……俺の負けだ」

天音が目を大きく見開いたのが、近すぎてぼやけた視界でわかる。天音が眉を下げたのも、その真っ直ぐで綺麗な瞳を潤ませたのも。

「なんて不器用なんですか、あなたは」

俺はもう一度、触れるだけのキスを落とす。甘く心がわなないた。こんな気持ちに慣れなくて、俺は苛つきを覚えていたのか。

だとすれば、俺は結婚よりもっと前から天音に恋をしていたのかもしれないな。そう思いながらまじまじと彼女の顔を覗き込んだ。

「あの、透吾さん」

名前を呼ばれ、そのままじっと彼女の目を見る。吸い込まれそうだと思う。——綺麗だと、思ってしまう。

「伝えたいことが……あるんです」

「なんだ」

天音の頬をくすぐり、果たして俺はいまどんな顔をしているのだろうと思う。恋をしている男の顔なのだろうか。そんな顔を、俺がするのか。

「私、あなたを守りたいって思うんです。変でしょうか」

「普通は逆だろう」

俺だって守りたい。ああ、そういうことか、と思う。俺が天音をどこかに閉じ込めておきたかったのは、単なる所有欲だけではなくて、そういった感情も入り混じっていたのか。

人の心とは、複雑なんだな。

この年になって理解するだなんて、本当に俺は天音の言う通りぽんこつなのかもしれなかった。

「そうでしょうか」

天音は静かに言う。見つめ合った後、俺は微かに息を吐いた。

「俺を守る必要はない。そんなに弱い男じゃない」

「いいですよ。勝手にしますから」

天音はふふっと笑う。

「……好きにしろ」

不思議なほどに苛つきが消えていく。

「大好きです、愛してます」

抱きしめて離したくないと強く思う。うまく言葉が出てくれない。天音はくすくす笑って俺の腕の中で楽しげだ。

「大丈夫、ちゃんとわかってますよ」

俺は言葉の代わりにキスを繰り返す。すがりつくような表情で天音を見ているのかもしれない。それでもかまわない、と俺は思う。

「ほんとはね、寂しかったです。この気持ちは返ってこないんだなあって」

「……悪かった」

「いいです。不器用でぽんこつなあなたが好き」

俺は「ふは」と吹き出して、天音を抱き上げる。そうしてそのまま肩に担ぎ直して歩きだした。

「え、透吾さん」

天音は混乱した様子で担ぎ上げられたまま足を微かにばたつかせた。

「少しは器用なところ、見せてやるよ」

俺の部屋のベッドに彼女を押し倒し、のしかかった。自分のベッドに他人を寝かせるなんて初めてだった。彼女の頭の横に肘を突いて顔を覗き込む。

鼻先で首筋をくすぐる。天音の息が微かに乱れた。胸に込み上げてくる愛おしいという感情に、心臓が千々に乱れた。鼻の奥がツンとする。まさか俺は泣きそうになっているのか。ごまかすみたいに天音の肌に唇を押しつける。彼女の甘いにおいが濃くなる。べろりと舐めると天音の身体がびくりと揺れる。緊張で強張っているのがかわいそうで、形のいい頭をよしよしとなでた。なでてから自分に驚く。こんなふうに俺が誰かを慈しむような真似をするだなんて……。

そうして「いや」と思い返した。そういえば、天音が結婚初日にソファで寝落ちしているのをベッドに運んだとき、俺は彼女の頭をなでたのだ。結局、あれも愛おしさに突き動かされていただけなのだろうと思わず苦笑した。実際俺はぽんこつだ。

「……でもな、天音。俺だって嫉妬している」

「え？」

天音が不思議そうに俺を見た。目もとは血を透かして赤く、瞳が潤み、頬も上気している。反射的に唇にむしゃぶりつく。下唇に噛みつき、舌を絡め、歯列を丁寧に舐め上げた。口蓋が弱いのは学習していたから、ざらざらと舐めてやる。

「ひゃうっ……っん……」

唇が触れ合ったまま、天音が喘ぐ。下腹部に血が巡るのがわかる。ああ、俺がこんな情動に突き動かされる日がくるだなんて。性欲なんて厄介なだけのものだったのに、発散させるだけのものだったのに。

ちゅうっと天音の舌を吸い上げた。天音が俺にしがみつく。愛おしくて頬を包み、さらにキスを深くする。ひたすらに天音を貪り、唇を離す。そうして唇を舐め、天音の口もとに触れるだけのキスを落とし、真っ赤になった頬をなでてやる。

「初恋なんだってな」

「……え?」

「新宮蒼真」

俺はそう言いながら天音の耳をなでる。耳朶や耳殻を、三角窩《さんかくか》に指を入れてなで、耳甲骨を擦って耳孔まで指先でなでる。

「あ、う」

戸惑って天音は目線を動かす。どうして耳なんか、という顔をしている。……どうして耳が官能的に気持ちいいのだろうと。俺は頬が緩んでいると思う。触れるたびに天音の表情が蕩けていくのがたまらなくうれしい。まったく俺はすっかり天音にやられてしまっているのだろう。

「本当はあんなやつお前のそばに置きたくない」

俺は反対側の耳殻を噛みながら耳もとで言う。

「あ……待って」

天音は俺の手を両手で持ち、自分の頬に重ねる。俺は顔を上げじっと天音を見る。

天音は手に頬ずりしながら言った。

「誤解です。私……」

「いいんだ」

俺は彼女の言葉を遮る。

「いい」

いま天音の心が俺にあるのなら、それでいい。

けれど天音は目を細め首を振る。

「違うんです。初恋だと思ってた。でも……恋、なんかじゃ……だって、それなら、いまあなたに対して抱いている感情がわからないもの」

「天音」

「多分、幼い憧れとか……当時、私、勉強に行き詰まってたから……医者になった蒼真くんに対して尊敬とか、憧憬とか、そんなものが入り混じってしまっていたのだと思う」

そうか、と頬をくすぐった。天音は幸せそうに目を細める。

「この間、そんな話もしたんです」

「──あいつと？」

「はい。蒼真くんも本気で私にプロポーズしたんじゃないんですよ。透吾さんわかってたと思うけど、好きだったっていうのも嘘だって言ってました。この間はそれを謝られて……私のことが心配だったからって」

俺は唇を引き結んだ。いやきっと、本気だった。

「透吾さん？」

俺はなにも言わずに彼女を抱きしめた。腕の中にすっぽりとおさまる……改めて華奢だなと思う。手を取り橈骨《とうこつ》動脈のあたりにキスを落とす。べろりと舐めながら顔を見ると、先ほどより赤くなっている。思わず肩を揺らし笑う。

「そんなに初心で大丈夫か？　まだほとんどなにもしていないのに」

俺は天音の手首を掴み細い指を口に含んだ。切りそろえられた爪の付け根や関節を舌で丁寧に舐める。そうしてちゅっとあえてリップ音をさせながら離した。

「あ、そんな……指なんて……」

真っ赤になりながら天音は首を振る。俺は笑って彼女の唇をなでた。

「あ……」

ゆっくりと指の腹で唇を開かせ、親指を口の中に挿れ込む。天音は眉を寄せ潤んだ瞳に戸惑いを浮かべる。微笑んで見せると、天音はおずおずと俺の指に舌を這わせた。赤ん坊のように指を舐めしゃぶる――征服欲と庇護欲が同時に満たされ、たまらない。ゆっくりと指を引き抜き、指の関節で天音の頬をなでた。ホッとした表情を浮かべる彼女の細い鎖骨を指でつうっとなでると、すぐに身体を強張らせる。俺はそっと鎖骨に口づけ、そのまま噛んだ。ゆっくりと顎に力を込め、肌に傷をつける寸前でやめる。そうして軽く噛んだまま口内で骨を舐めた。

あ、と天音があえかな声をあげる。

誰かの声でこんなに興奮するなんて、生まれて初めての経験だった。思わず唾を飲む。ぎゅうっと心臓が絞られたかと思った。

「天音」

名前を呼びながら、カーディガンを脱がせる。パジャマのボタンに指をかけると、天音は少し泣きそうな顔で口もとに手をあて俺を見上げる。

「恥ずかしいです……」

正直に言うと、ぐっときた。まさかこの年になって自らの性癖に気がつくとは思ってもいなかった。……天音のせいだ。責任をとってもらおう、とぷちぷちとボタンをはずしながら思う。つまり、もっと恥ずかしがらせたい。あえてゆっくり、恥ずかしがるさまを堪能しながら脱がせていく。胸もとがあらわになるとそこにキスを落とし、わき腹が露わになると甘噛みし、じわじわとたっぷりと愛撫しながら脱がせていく。

「あ、っ……透吾さん……」

すっかり全部、下着ごと脱がせてしまうと、予想通り天音は恥ずかしげに胸もとを押さえ、膝を重ねるように太ももをきっちりと閉じた。そうしてふいっと横を向いた天音の耳は真っ赤だった。瞳はいまにも涙があふれんばかりに潤んでいる。……焦らしすぎたか。

可愛くてついキスを落とす。天音は微かに身じろぎして、眉を下げ心もとない顔でこちらを見上げた。そっと前髪をかき上げて、綺麗な額に唇を押し付けた。

自分も部屋着にしていたスウェットを脱ぎ捨てる。天音はもうだめだという顔をして、きっちりと目を閉じてしまった。

……そういえば、天音は上半身だけでも裸を見るとひどく恥ずかしがる。幼稚園からお嬢様な天音は女子校育ちな上に、品行方正な新宮院長は自宅でも決して裸でウロウロするような人柄ではない。あのときはふざけて『オリンピックの競泳でも恥ずかしがるのか』なんて聞いたけれど、案外本当にそうなのかもしれない。

目もとにキスを落としながら「天音」と名前を呼ぶ。

「目を見せてくれ」

「だ、だって恥ずかしくて緊張して」

「俺だってそうだ」

そう言って彼女の手を俺の胸にあてる。天音は驚いたように目を見開き、俺を見つめる。

「ドキドキしてる」

信じられない、と言いたげで思わず笑う。

「俺だって人間だ」

「それはそうですけど」

そうして少しためらうようにした後、俺の手を自らの胸に導いた。

「私のほうが、ひどいです」

「──可愛いよ」

そのひと言をどうにか告げた。声はひどく掠れてしまう。天音は眼球が零《こぼ》れ落ちんばかりに目を見開く。俺はその目もとを優しく擦る。

「さっきから驚きすぎだ」

「だって……」

「お前に負けたと言っただろう」

そう言って俺はきっちりと閉じ合わされた膝に唇で触れる。小さく揺れる膝頭にちゅっと音を立てキスをして、そうして陶器のようになめらかで白い太ももに触れた。なでるとくすぐったいのか微かに足が開く。すかさず間に割り込んで、膝を掴んで笑ってみせた。

「ひ、ひどい。恥ずかしいのに」

恥ずかしがらせたいんだよ、と思いつつ、ももをなで膝に噛みついて見せる。

「あ、ぅっ」

上ずった声で天音が啼《な》く。愛おしくて膝に頬を寄せた。天音はいっぱいいっぱいという顔でそっぽを向いていた。

可愛い、とそればかり思う。

ゆっくりとももを付け根に向かってなでていく。天音の薄い腹が緊張なのかくすぐったいのか、ときおりぴくりと動く。

付け根はすっかり潤んでいた。天音は眉を下げ小さく喘ぐ。

「心配するな。少しは器用なところ見せてやるって言っただろ」

そう言って俺はそこに指を伸ばす。温かな泥濘《でぃねい》のようでありながら狭い彼女の中をゆっくりじっくり、たっぷりと解す。舌と指でさんざん快楽を教え込ませた頃には、天音はシーツの上で涙で目を潤ませ肩で息をしていた。柔肌はじっとりと汗ばんでいる。

「も、無理……」

「それは困るな」

俺は彼女の膝裏に手を入れぐいっと開かせた。快楽でぼやけているであろう思考ではうまく抵抗できないのか、天音はされるがままだった。

大きな感情が胸で湧き上がる。これはいったいなんなのか。彼女に入った瞬間、泣きわめきたくなって理解する。幸福だ。たまらなく、幸せだ。

俺は彼女の全身にキスを落とす。破瓜《はか》の痛みが散ってしまうようにと、それを願いながら――。

天音をさんざんに貪って、ようやく解放してやれたのはかなり時間が経ってからだった。シーツに横たわり半分眠る天音の髪を梳く。さらりさらりとその動きを繰り返していると、天音が不思議そうにこちらに目を向けてくる。目を細め眉を親指の腹でなでた。天音がうっとりと笑う。こんなふうな顔を見られるのは俺だけだと思うと、ようやく腹の奥にあった嫉妬の焔が落ち着く気がした。

「なにがあっても、たとえ死んだとしても、お前を離さない」

天音は陶然としたまま目を丸くし、それからたおやかに笑った。

――そう、花が開くように、綺麗に笑ったのだった。

【五章】愛

願いが叶うなんて、思っていなかった。

透吾さんに愛されたいなんて、そんな願いが……。

透吾さんと想いが通じ合い、本当の夫婦になって——あれから、彼の甘さが日々加速している。夜だって、同じベッドで眠るようになった。

クリスマスは去年なにもなかったのが嘘のように豪華だった。なにしろイブは透吾さんが朝から休みをとってくれていて、しかも丸一日デートだったのだから。水族館のクリスマスイベント、夕方からはイルミネーション、ホテルレストランの特別室でのディナー。定番のデートが初めてのことだらけの私にとって飛び跳ねたくなるくらいうれしくて楽しい。

そうしてディナーの後、私はワインバーに連れてこられていた。

大きなはめ殺し窓の向こうにある庭園の木々は金色にライトアップされ、夜闇を美しく彩っている。それを眺めながら、テーブルの向かいで私を見て穏やかな表情を浮かべている透吾さんに口を開く。

「今日楽しかったです。あの、お休み、大丈夫だったんですか」

このところ、彼はほとんど休みがなかったのだ。ゆっくり休みたかったかもしれない、と聞いてみた。

無言で微かに肩をすくめる彼は、赤ワインが入ったグラスを軽く揺らめかす。テーブルに置かれた白い蝋燭には、金や赤でクリスマス用の装飾がほどこされている。その灯りを受けて、赤ワインは美しく濃いボルドーを煌めかせた。

私が飲んでいるのは温かなグリューワインだ。シナモンやフルーツの風味が心地よい。

「……天音とこうしていたいんだ」

透吾さんが低く、柔らかな声音で言った。

彼にしては本当に珍しい、そんな本音の言葉にとても胸がときめいた。私は照れて頬を熱くさせてしまいながら、小さくお礼を口にする。

「ありがとうございます。うれしいです、とても」

そうか、と透吾さんは言って、そっと目を伏せた。表情が前面に出る人ではないのに、とてもうれしそうなのが伝わってきて苦しいくらいにきゅんとした。

しばらくゆったりとワインを楽しんだ後、ふとあたりを見回し口を開いた。

「それにしても、素敵なバーですね」

透吾さんはそうだろ、みたいな少し得意げな視線をよこす。……なんとなく、この無口で不器用な人の感情がわかるようになってきていた。慣れると案外、この人が感情豊かなのがわかる。そういうところも愛おしいと思う。

「来年の春以降は、もっと休みもとれる」

彼の言葉に少し考えを巡らせ、うなずいた。いま彼が進めている改革がおおむね整うということだ。彼の夢が――まだ道半ばにしても――叶うということだ。

それが私にとってとても誇らしい。


年末の病院というのは、とてもせわしない。まあ病院に限らず、年の瀬はせわしないものだ。

「ああもうまた、この忙しいのに」

思わずがくっと肩を落としてしまった。

「え、またなの」

京香が私のデスクを覗き込み、強く眉を寄せた。私はうなずいてため息をつく。デスクの上は零れたコーヒーでぐちゃぐちゃになっていた。パソコンのモニターには

『さっさとやめろ、七光《ななひかり》』と書かれたメモが貼られている。

ここ最近、こんな感じの嫌がらせを受けている。

「やっぱり監視カメラつけたほうがいいよねえ」

「でも私ピンポイントだしね」

「ちょっと、危機感なさすぎ」

唇を尖らせる京香の横で、私はさっさとコーヒーを片付ける。

「机も拭けばいいだけだし」

「でも、女子トイレの件もあるし」

「ああ……」

私は苦笑した。

秋くらいから、院内女子トイレの個室に張られているメモだ。

『新宮天音は不倫している』

『新宮天音は夫を脅し無理やり結婚した』

『新宮天音は自分の人殺しを夫になすりつけた』

『はやく離婚しろ』

……まあ、おおむねそんな内容のメモが微妙に文面を変えつつ貼られている。黄色い、よく事務で使う付箋だった。……〝人殺し〟はきっと、透吾さんの大学病院時代の妙な噂のことだろう。もちろん、私はまったく信じていないけれど。

「貼られた時間がわかればシフトと照らし合わせて犯人絞れるのにい」

「なかなかそうはいかないよね」

ドクター、ナース、スタッフだけではない。病院には当然患者様がたくさんいるし、お見舞い客、業者さんの出入りもある。京香はうなずき、残念そうに眉を下げた。

「基本的に消化器外科エリアだから、その関係者だとは思うけれどさ、それも相手の作戦みたいな感じなのかも」

「ちゃんと調査をすればそのうち貼っている人が誰なのか判明するのかもしれないけれど……」

「本当に上に報告しないの？」

「……その。あんまり心配かけたくないんだ。親にも、透吾さんにも」

「そっかあ」

京香はそう言って、それから首を傾げる。

「犯人は貴志川に惚れてる女……だとは思うんだけど、違う可能性もあるのよ」

京香が名探偵さながらに指を立て言う。

「どうして？」

「だって〝あの〟貴志川透吾なのよ。どこで恨まれているか……。まずは嫁を甚振ってやろうって考えの人がいたっておかしくないわ」

「そんな……ううん、そうかもねえ……」

びっくりするくらい誤解されやすい人だから。

「全方位に敵がいる人とよく夫婦できるわねえ～」

「そんなことないよ、優しいし。ちょっと過保護だけど」

「それはほんとに意外よね」

そう言って笑った私の肩に、どん！と誰かぶつかる。はっと顔を上げると広原さんだった。じろりと睨まれる。慌てて謝った。

「ちょっと、広原さん。見たらわかるじゃないですか、新宮さんの机ぐちゃぐちゃになってたから片付けてんですって」

「知らないわよ。自分でコーヒー零したんじゃないの」

そう言ってさっさと歩いていく。

「あの人、天音が院長夫妻の子どもだっていうのを差し引いても、同僚に対してよくあんな態度とれるよねえ」

「でも、私が邪魔だったんだろうし」

「そういう優しいところ好きだけど、広原さんには逆効果だよ。なにしてもいいって思われてるじゃん。この嫌がらせも広原さんなんじゃないの？　一時は佐藤さんと貴志川先生を取り合ってたんだし」

トイレ行くとき見張ろうかな、といきりたつ京香を「まあまあ」となだめつつ、そういえば、と思い出す。どうして野田さんはメモを持ってトイレにいたんだろう？

まあ野田さんが犯人だとはとても思えないんだけれど……。

だって、野田さんが私と透吾さんを別れさせたい理由はないだろう。

「とにかく注意して過ごして」

「わかったよ」

そうは言うものの、結局透吾さんには筒抜けだったらしい。いきなり「犯人はわかったのか」と聞かれたのだ。こたつでみかんを食べつつ、年末の特番を見ているときだった。

「え？」

「訳のわからんメモ魔のことだ」

「ええと……」

「バレてないと思っているのは自分だけだ、どあほが。とっくに調査が入っている」

「ええ……」

私は肩を落とした。心配かけないつもりだったのに。

落ち込む私を見て透吾さんは無言だった。

「怒ってます……？」

そう聞くと、透吾さんは少し不思議な表情を見せた。

「……心配すると怒りが湧くっていうのを、生まれて初めて味わってる」

私は目を瞠る。それからシュンとするけれど、少しだけ笑ってしまった。じろりと睨まれる。

「ご、ごめんなさい。ただ……愛されているなって思ったんです」

透吾さんは目を丸くして、それから「言ってろ」と目を逸らし、そのまま告げた。

「心配するな、お前は俺が守る」

お正月は透吾さんとふたりで実家に顔を出した。

そしてその足で、電車に乗って透吾さんのお母様が眠る墓所へ向かう。空は瑞々《みずみず》しい空色だった。

「正月に墓参りか」

菊の花を持った透吾さんが言う。私はその横を歩きつつ、「でも」とあたりを見回した。

「結構お正月にお墓参り来る方、いらっしゃるんですねえ」

「初詣の代わりじゃないか」

「ああ、それはあるのかなあ……」

新春の風が頬をなでていく。見渡す限りの御影石は、お正月独特の静寂の中、シンと佇んでいる。

そのうちのひとつに、すぐにたどり着いた。透吾さん、場所なんか忘れたなんてうそぶいていたけれど、やはりちゃんと覚えていたらしい。

墓石は冬ということもあってか、雑草が生えたり、ひどく汚れていたりということはなかった。管理人さんがいらっしゃるというのもあるだろう。墓石を拭き上げ菊の花を供え、手を合わせる。

ご挨拶が遅くなり、申し訳ありません。よろしくお願いいたします。

そうして目を開くと、透吾さんは手を合わせるでもなく、目を閉じじっと佇んでいた。私は空を見上げる。きっと優しい人だったんだろうなあ。

透吾さんは二日にはもう手術に立っていたけれど、私たち事務職は四日から通常勤務だった。お正月明けのちょっとぼんやりした気分で新年の挨拶を交わす。

「あれ、天音、顔色悪い？」

「ああ、ちょっと」

胃もたれのようだった。お正月で食べすぎた上に年明けが冷え込み、胃の動きが弱まってしまったんじゃないかというのが透吾さんの見立てだった。実際寒いと胃もたれしやすくなるので、体質的なものかもしれない。

……吐き気があったとき、実は少し妊娠を疑った。けれど、検査薬で陰性で、すぐに生理もきた……ちょっとだけ残念に思う。とはいえ。

「やっぱり、お正月食べすぎたのが一番の原因な気がする」

「浮島さんのお節、美味しいもんねえ。去年の初詣のときに食べさせてもらって感動したもん」

京香もうんうんとうなずく。

午前はそうでもなかったけれど、午後は午前中が嘘だったみたいに忙しかった。そのせいで昼食を食べそびれ、胃の調子がさらに悪くなる。

吐き気を覚え、急いで職員用のトイレに飛び込んだ。個室のドアを閉めるのは間に合わなかったけれど、なんとか床に吐くのだけは免れる。

「はあ……」

ひと息ついたところで、視線に気がついて振り向く。

そこにはじっと、無表情で私を見下ろしている広原さんがいた。

「あの……あ！」

私は慌てて首を振る。

「か、風邪とか感染症じゃないですので、ええと」

風邪で調子悪いのに出勤してきたと思われるのではと思ったのだ。なにしろ患者様にうつしてしまっては大ごとだ。

広原さんは「……そう」と言って、そっぽをむいて歩き去っていった。ほうと息を吐く。

吐いてしまうと落ち着いた。

ナースステーションの自分の席に戻り、なんとか午後の業務をこなしていく。目途がついたのはとっぷりと日が暮れてからだった。

「ああ、疲れた……」

首を捻ってストレッチさせながら、階段を下り始める。晩ご飯、なににしようかな。

透吾さんも疲れ気味かもしれないから、消化にいいものにしたい。白出汁でうどんすきとかどうだろう、身体も温まるし。

──と、ふと階上の灯りが遮られた。

背後に人が立っている、と気がついたのは数瞬の後だ。だって足音が……まったくしていなかった。この病院の廊下はあまり音が立たないようになっているけれど、それにしたって普通に歩いていればわかる。

つまり、あえて……誰かが、足音を忍ばせて近づいてきたということだ。

心臓が嫌な音を立てた。恐ろしい想像をしてしまったからだ──私へのいろいろな嫌がらせ。

京香が何度も言っていた。『危機感を持って』って……。

「あ……」

振り向こうとした私の背中を、誰かがドン！と押す。

風景はスローモーションに見えた。

落ちながら振り向いた先にいたのは──野田さんだった。

「……え？」

ポカンとして野田さんの顔を見つめる。

どうして野田さんが……？

野田さんの顔が悲愴にゆがむ。

眉がぎゅうっと寄って、目は必死に私を見つめ――。

そして、大きく口を開いて叫んだ。

「天音……っ！」

不思議に思う。どうして彼女が私の名前を「新宮さん」ではなく「天音」と呼んだのか。

その声が哀切でたっぷりのものだったのか。

手を必死に伸ばしていたのか、私の手を握ったのか。

なぜ、庇うように抱きしめたのか。

すべてが一瞬だった。階段に打ち付けられるのを覚悟した私を……いや、私と野田さんを、がっちりと誰かが階段の途中で抱き留める。

「はー……」

掠れた、安堵たっぷりのため息は、聞いたことのある声だった。

混乱しつつ顔を上げると、透吾さんが片手で手すりを握り、私たちが落ちていくのを身体で止めてくれていた。背中に回る透吾さんの手の温かさにほっと息を吐く。

野田さんも私を片腕で抱え、手すりを握っている。野田さんははあはあと肩で息をしていた。

「大丈夫か」

透吾さんの声は掠れていた。心配でたまらないという感情が滲んでいる。必死でうなずくと彼は険しい表情の中に一瞬だけ安堵を浮かべる。

状況を必死で把握しようと努めつつ支えられながら階段に座り、ハッとした。

「と、透吾さん、手は……野田さんも腕、治ったばかりなのにっ」

透吾さんは私をちらっと見て手を振って見せた。なんともないという意味だろう。

ホッとしつつ野田さんを見ると、彼女は私の顔を覗き込み、両頬を手で包んできた。

「怪我はない⁉」

自分のことなんてどうでもいいと言わんばかりだ。こくりとうなずくと、彼女は心底ホッとした表情で私をそっと抱きしめる。その指先は少し震えていた。

「よかった……」

私は驚きつつ、おずおずとその背中を抱きしめ返す。びくっと震えた薄い背中が、どうしてだろう、とても温かい。どこか母の温もりに似ていて……勘だけれど。本当に、なんとなく、そう思っただけだけれど……この人は、私を産んでくれたお母さんじゃないのかな、なんて思ってしまった。

「――どういうつもりだ」

透吾さんは階段の上を睨み続けている。振り向くと、呆然とした顔の広原さんが立ち尽くしている。その顔が徐々に憤怒に染まっていく。

「どうして庇ったんですか！　野田さん！　そいつ貴志川先生の子ども妊娠してるんです！　貴志川先生が逃げられなくなっちゃう！」

その言葉に、彼女の目的が透けてゾッとした。もちろん勘違いなのだけれど、野田さんは大きく肩を揺らし「あなた」と声を震わせた。

「天音になにをしようとしたの……！」

野田さんがさらに私を強く抱きしめる。絶対に守ると言わんばかりの態度に混乱する。野田さんの肩越しに見る透吾さんは、この状況にとくに疑問を抱いていないようだった。代わりに明確な怒りをその端整なかんばせに浮かべ、広原さんをねめつける。

「お前がやろうとしたことは殺人だ」

「だ、だからなんです！　あたしは貴志川先生のためにっ、貴志川先生が好きだからあ……っ。せ、先生は好きでその女と結婚したんじゃないでしょ？　親の権力をかさに着て脅迫するみたいに、無理やり結婚したに決まってる！」

は、と透吾さんは吐き捨てるように笑った。笑っているけれど、あまりに怒りが深すぎて凄惨なまでに恐怖を感じる笑い方だった。背中がぞくっとしてしまう。

「俺が脅迫して結婚したんだ」

「う、嘘！　嘘よ、愛してるの。真実を教えて」

「真実ねえ」

透吾さんは皮肉げに言う。

「お前にとっては、自分に都合がいいものだけが真実なんだろうが。そんな人間と話をする気にはならんな」

「そ、そんなことない……っ」

「だとしたらなぜ俺の妻に手を出そうとする？　いいか、お前が俺にぶつけているそれは、愛なんかじゃない」

低く、掠れた声ではっきりと彼は口にする。

「ただのエゴだ」

広原さんは悲鳴のように息を呑み、ぶんぶんと首を振る。

「ち、違う！　愛よ！　愛なの！」

半狂乱で叫ぶ広原さんを、いつの間にかやって来ていた警備員さんたちが羽交い絞めにする。

「こら！　暴れるな！」

「すぐに警察が来る！　おとなしくしなさい！」

それをじっと怒りの表情で見ていた透吾さんが、フッと表情を消す。

なにかを考えるように目を細め、それからゆっくりと階段を上がり始める。そうして、警備員さんたちによって床に押しつけられてなお暴れる広原さんを見下ろし、温度なんて微塵も感じない声で言い放つ。

「――ところでお前、名前なんだっけ」

広原さんは「え」と小さく呟き、それからゆっくりと首を振った。

現実が理解できないみたいな顔をしている。それからすすり泣き、すがるように透吾さんを見上げる。

透吾さんはじっと広原さんを見下ろし、「言えよ」と続けた。

「言えよ、名前」

「そんな……あたし、ず、ずっとあなたのこと……」

「知るか」

広原さんは唇をわななかせた後、おとなしくなる。

透吾さんはとても満足げにそれを見下ろし、「二度と妻に近づくなよ」と低く威圧感たっぷりの声で言い放ち、続けた。

「もしそんなことがあれば、お前をつぶす——どんな手を使ってもな」

ひ、と広原さんが引きつった声をあげる。透吾さんは目を細めた。陰のある、どこまでも冷たい微笑。

そうしてもう一瞥すらせず、その価値もないと言わんばかりに顔を背け階段を下りてきた。

「野田さん、いいでしょうか。ここは冷えるので、妻の体調に障ります」

「あ、……あっ、ご、ごめんなさい」

野田さんは慌てた様子で私から腕を離す。透吾さんは私をお姫様にでもするかのように抱きかかえ、階段を下り始める。

「い、いいです歩きますっ」

じたばたしたけれど、無駄だった。むしろ彼の腕には力がこもってしまう。

見上げたその顔はひどく疲れていた。きっとかなり心配をかけたのだろう。

……それにしても、訳がわからない。

私が抱っこされ連れてこられたのは院長室だった。入るなり両親にぎゅうぎゅうと抱きしめられる。

「天音」

「天音ちゃん、無事でよかった」

そう言うふたりの目には涙も浮かんでいる。

院長室のソファに座らされた私は、皆に説明を求めた。

「いったいなにがあったの」

「……きっかけは、トイレにあった誹謗中傷のメモよ」

野田さんが小さな声で話し始める。

「新宮さんに関する、根も葉もないデタラメが書き連ねてあったわ。すぐに院長に報告して、話し合って新宮さんには秘密にしようと決めたの。ショックを受けると思って、ある程度解決してから知らせようと思って……」

私の呼び方が〝新宮さん〟に戻っている野田さんが言う。さっきあんなことを……産みのお母さんなんじゃ、なんて思ってしまったこともあり、じっと彼女を見つめつつ、話の続きを待った。

「その後も見かけるたびに回収していたんだけれど、エスカレートしてわたしだけでは対処できなくなっていったの。ほかの人にもメモが見られて、すぐに噂になって」

私はうなずく。ということは、野田さんがメモを持ってトイレにいたときに様子が変だったのは、これを私から隠したかったからなのだろう。

「でも、日ごろの行いよね。あんなメモより、新宮さんを信じる人のほうが多かった」

「僕たちもすぐに調査を開始したんだけれど、なかなか証拠が掴めなかった。防犯カメラの位置を完璧に計算されていて。まさかトイレにしかけるわけにもいかないし」

父に言われうなずく。

「それで今日、ようやく犯人が広原ではないかと掴めた」

驚いたことに、去年こけてねん挫したとき、折れたパンプス。あれに付いていた靴の傷も、広原さんが付けたものらしかった。私が透吾さんにプレゼントされたものだと勘違いしていたらしかった。

「……そういえば、年末なんですが。コーヒーがデスクに零されていたとき、広原さんが『自分で零したんじゃないの』って。あれ、誰かにされたと知っていないと、出ない台詞ですよね」

「そういうことは早く言え」

びしりと透吾さんに言われてシュンとする。でもまったく気がついていなかったのだもの……と、あれ？

「ところで、透吾さん、広原さんの名前って……」

知らなかったんじゃ？

そう首を傾げるけれど、あっさりと透吾さんは「知ってる」と答えた。

「ああ言ったほうが確実に心をへし折れるだろ？」

……なるほど、覚えていないふりをしたらしい。実際、あれで広原さんの心はぽっきりと折れてしまっていた。

そうして今日、すぐに彼女の動きが変だと察した透吾さんは、野田さんに頼んで広原さんの動きを探ってもらっていたのだという。

「間一髪で間に合いました」

透吾さんはそう言葉を締め、それからソファから立ち上がり、私の両親に向かって頭を下げた。

私は息を呑む。プライドの高い透吾さんが、頭を……って、なんで！

「と、透吾さん？」

私もソファから立ちあがり、彼の背に触れる。けれど彼は顔を上げなかった。

「――つまり、俺のせいで天音さんは巻き込まれたということです」

「透吾さんのせいじゃ」

慌てる私の言葉を遮るように、彼は言葉を続ける。

「けれど、もう、こんな目に遭わせません。必ず守り切ります。ですので、俺は」

透吾さんは顔を上げ、私の手をぎゅっと握り、微かに声を震わせた。

「俺は彼女を手放すつもりはありません。天音は俺の唯一ですので――申し訳ありません」

私は呆然と彼を見上げている。透吾さんはきゅっと唇を引き結んでいた。

父が小さく微笑み、「透吾くん」と言う。

「天音が養子だと君に話したのは、君のお母様が亡くなったときだったね」

私はびっくりして父を見た。透吾さんが私が養子だと知っていたのは、そもそも父から聞いていたことだったのか。

「天音が僕たちの娘になってから、天音は僕たちにとって〝たったひとり〟になった。もちろん、生母さんにとっても――その天音が、ひとりきりになった君の〝たったひとり〟になれたこと、僕はとてもうれしく思う。これからも、娘をよろしく頼みます」

透吾さんは再び頭を下げた。父は微笑み、私に向かって口を開く。

「そういえば、話していなかったけれど。天音、君の名前は生母さんがつけたものなんだよ」

「え、……そうだったの」

「あなたの産声がとっても可愛くって、まるで天使の声みたいだって。そうしてつけてくれた名前なのよ」

母が微笑み、微かに目もとを拭う。生母……私を産んでくれたお母さん。

野田さんに目をやると、彼女は目を一瞬だけ潤ませて、でもすぐにいつもの穏やかな笑みを浮かべた。

「怪我もなにもなくてよかった。お腹も変な様子はない?」

そう言われて、ハッと思い出す。

「あ、あの、誤解なんです」

なにが?とキョトンとする野田さんに、広原さんに吐いたところを見られたことを話す。

「それでつわりだと誤解したってわけか」

透吾さんの言葉にうなずく。野田さんは「わたしもすっかり早とちりしちゃって」と苦笑しながら続けた。

「授かりものだからね。……本当に、授かりものなの」

噛みしめるように野田さんは言って、両親も静かにうなずいた。透吾さんが握る手に、微かに力を込める。

もし、この先赤ちゃんが私たちのもとに来てくれるのならば、きっとすごく素敵なことだと思う。

私はまだ見ぬ存在にこっそり語りかける——あなたのお父さんも、おじいちゃんもおばあちゃんも素敵な人だから心配せず生まれておいで。私もきっと、素敵な……とまでは言えなくても、あなたと仲よくできるお母さんになれたらいいな。

そう思いつつ目線を上げると、透吾さんと目が合った。彼は小さく頬を緩める。私も笑いかけながら、思う。

なんていうか、幸せってどこに転がっているかわからないものだ。だって私、最初はこの人に脅されて結婚したんだもの。

そんなことを考えて笑ってしまった私に、少し不思議そうに透吾さんが眉を上げる。

それからしばらくして——桜の蕾が綻び始めてからのこと。

「大丈夫、天音」

こっそりと京香に聞かれ、苦笑しつつ「うん」と返事をする。

「これいる?」

京香が私の手にのせたのは、レモン味の飴だった。

「わあありがとう……!」

つわりで苦しい胃に本当にありがたい。さっそく口に入れると、少しほっとした。

透吾さんの赤ちゃんがお腹にいるのが判明したのは、つい二週間ほど前のことだった。

『妊娠してました』

帰宅した透吾さんにそう告げると、透吾さんは『そうか』といつも通りのトーンで答えた。まあこの人にオーバーなリアクションは期待していないので、それは別にどうとも思わなかったのだけれど……。

翌日から想定外のことばかり起きた。

目が覚めると、透吾さんがいない。緊急の呼び出しでもあったかな?

そう思いつつ起き上がり、朝食とお弁当を作ろうとキッチンに向かうと、エプロンをした透吾さんが無言で朝食を作っていた。

『……え』

『味噌汁は食えるか』

『あ、は、はい』

『今日からしばらく飯は俺が作る。お前はおとなしくしていろ』

『あ、あの、でも』

『産休も育休もきっちり取るつもりだ』

目はお味噌汁の鍋に向けたまま、ぶっきらぼうにそう言われた。

私は目を瞬いて、なんとなくお腹をなでた。まだ生理がきていないというだけで、本当に赤ちゃんがいるなんて想像もできない。

でもこの人は……私の夫は、私が妊娠したことがすごくうれしいみたいだった。顔にはまったく出ていないけれど。

『棒立ちになる趣味でも?』

『あ、わあ、はい』

返事をしながらダイニングの椅子に座る。朝は和食派の私に合わせた朝食は、思わず舌鼓を打ってしまいそうなほど美味しかった。

『……料理人⁉』

驚いて目を瞬く私を透吾さんは鼻で笑う。

『以前、得意だと言わなかったか』

『言ってましたけど……これは』

趣味とか家事とかのレベルを超える、と言いそうになってお味噌汁と一緒に飲み込んで苦笑した。本当になんにでも本気になるから「趣味」が持てない人なんだなあ。

まあ、とても彼らしい。

そして彼の過保護っぷりはそれで終わらなかった。身内に診てもらうのは気恥ずかしくはあったのだけれど、なにかあったときにすぐ診てもらえるという安心感から、母に診察をお願いしていた。その母から『透吾くんがカルテ全部読み込んで帰ったわよ～』と聞いて目を丸くした。その上、空き時間に産婦人科の勉強会にも参加しだしたらしい。

『あなたの専門は消化器外科では』

そう言っても聞く耳を持たない。まあそんな人だ……私の言うことなんてなにも聞かない。「デートしたい」とかのわがままはほいほい聞くくせに。

このままだとそのうち産婦人科の専門医まで取る気じゃ？　いや、そのときには小児科になってるか……と苦笑した。

やがてつわりが始まり、いまに至る。

「苦しい……」

京香にもらった飴効果もすぐに薄れ、気持ち悪さに耐えつつ仕事を進める。まだ安定期ではないので、職場関係では京香と上司、それから心配をかけた野田さんだけに報告していた。まあ産婦人科のスタッフさんたちは知っているのだろうけれど……。

野田さんはめちゃくちゃ喜んでくれた。私の中で、やっぱり〝そう〟なんだという確信が育っていく。

思い切って透吾さんに相談すると、透吾さんはとても珍しい顔で笑って『本人か、両親に聞いてみろ』なんて言っていた。きっと教えてくれる、とも……。彼はいつから気がついていたのだろう？

「あの、すみません」

ナースステーションのカウンターの向こうから、眼鏡の男性に話しかけられる。お見舞いかな？

立ち上がり「はい」と笑顔を浮かべる。

「お忙しいところすみません。貴志川先生、いらっしゃいますか」

私は目を瞬きつつ首を傾げた。透吾さん？

「恐れ入りますがお約束は……」

「あ、えっと、それが……」

男性は三十代半ばくらいだろうか。理知的な瞳と穏やかな物腰で、柔らかな表情を浮かべて眉を下げ「すみません」と頭を下げる。

「いろいろあって、連絡先が……」

「山口さん？」

透吾さんの声がして、その男性と私は同時に声のほうを見た。白衣姿の透吾さんが目を丸くしている。ものすごく珍しい。

彼の横には野田さんがいた。なにか話し合いながら廊下を歩いてきたところらしかった。

「貴志川……！」

「帰国してたんですか？　大丈夫なんですか」

足速に近寄った透吾さんの肩を山口さんはポンと叩く。

「おかげさまでな」

「そうですか」

透吾さんはほっと肩から力を抜き、それから私に視線を寄越し、いたずらっぽく笑った。

「天音、俺が人を殺したって噂あったの知ってるか」

「え⁉　あ、は、ええっと」

慌てる私に透吾さんは肩を揺らして笑い、野田さんを見ながら山口さんの背中を叩いた。

「野田さん。この人が俺が殺した人です」

「えっ」

野田さんもポカンとしている。山口さんは眉を下げて人のよさそうな顔で笑っていた。

ちょうどナースステーションに人が戻ってきたこともあり、談話室に四人で移る。テーブルに座ると、すぐに山口さんが頭を下げた。

「初めまして。貴志川の奥さんだったんですね。僕は山口といいます。シンガポールの病院で精神科医をしています」

「は、初めまして」

いろいろと飲み込めていない私をよそに、透吾さんは山口さんと親しげに話している。野田さんも目を丸くしていた。

「いやあ、しかし貴志川に殺されたことになっていたとは」

そう言って山口さんが説明してくれたところによると――。

「僕の実家は関西で大きな外科医院をしているんです。僕も跡を継げと当然のように圧をかけられていました。けれど、僕は精神的な病で苦しんでいる人を救いたいと、学生時代からそう強く思っていました。にもかかわらず、圧に負けて外科に進んで……そんなときに初期研修に来た貴志川に出会いました。開口一番やる気がないならやめろと言われて」

私は首を傾げる。

「……確認しますが、透吾さんが研修医で山口さんは勤務医……だったんですよね？」

「その通りです」

山口さんは苦笑した。私も変な笑い方になってしまう。透吾さん、ほんと透吾さんだ……。

「その後もぶつかりつつ、少しずつ……貴志川の持つ熱みたいなのに絆されて。気がつけば自分の事情を詳《つまび》らかにしていました。貴志川はしばらく考えた後に、僕に夜逃げを提案してきたんです」

「夜逃げ？」

「当時はなんの力もなかったからな。山口さんが実家の支配から逃れるには、そうする以外に方法はなかった」

　淡々と透吾さんは言う。

「シンガポールなら、日本の医師免許で勤務できる。アメリカやイギリスも考えたが、そのあたりは日本人医師も多い。どこから漏れるかわからんからな」

　そしてあえて人前で大げんかをし、透吾さんとのトラブルで失踪したように見せかけた——そうだ。山口さんの実家からの問い合わせや苦情は全部無視したとのことだから、透吾さんのメンタルは本当に強い。

「実家とのゴタゴタがようやく解決して帰国しようと思って。とりあえず挨拶で顔を……」

　透吾さんが目を細める。唇が微かに笑みを描く。

「山口さん、もう日本での勤務先の病院は決まっているんですか？」

「いや、これから」

「ではぜひ、うちに。あなたのことだ、ご活躍なんでしょう」

　きょとんとする山口さんに、私が院長夫妻の娘であること、透吾さんは次期院長なのだと告げる。すると山口さんは笑いながら「お前なあ」と肩をすくめる。

「どんな手を使って奥さんと結婚したんだよ。どうせあくどい真似したんだろ」

なずいている。

「山口さん。仮にも恩人に対してそれはひどくありませんか」

「だって……なあ」

山口さんがちらっとこっちを見て、私も「ねえ」と笑う。野田さんもうんうんとう

透吾さんはムッと眉を寄せていた。

「こんな清廉潔白で生真面目な人間を捕まえておいて」

「……まさか、透吾さん本気でそれ言っていたんですか」

私の言葉に透吾さんが肩をすくめて、私はふふっと笑ってしまう。

透吾さんは悪い人だ。自分の目的のためなら手段なんか選ばない。平気で弱みにつけ込んで結婚するし、小学生の頃に中学校征服しちゃうし、知人のために「人殺し」にだってなっちゃう上に周りもそれを疑いつつ信じちゃうくらいには評判も悪い。

でもそこには彼の正義がある。

正義なんて言ったら、透吾さんは「そんなものない」と否定するだろうけれど。俺は俺のやりたいようにやっているだけだと——。

それなら信念と言おう。

私は彼の理想が実現できるように、信念が貫けるように、近くで見守っていきたい、

寄り添っていきたい。

彼は面倒くさいみたいな顔をしながら、でも決して私の手を離しはしないだろう。

彼は決して口にはしないだろうけれど。

私は知っている。

貴志川透吾という正直ダークヒーロー寄りの彼が、一途に妻を、私だけを溺愛しているってこと——。

私はそれを、とても誇りに思っていたりするのです。

【エピローグ】

大きな雨粒が、銀杏をしとどに濡らし、地面を叩く。突然の雨だった。

「しゅごいあめ」

まだつたなく、あどけない口調でもうすぐ三歳になる澄音《すみね》が言う。その小さな手をつなぎ、私も「雨だねえ」と微笑み大きくなってきたお腹をなでる。

透吾さんの暮らした下町にあるもんじゃ焼きのお店に、母と野田さん——ふたりの母親と四人で行った帰り道のことだ。ふたりと別れ、駅に向かう途中にある公園を散歩していると、怪しかった天気がついに崩れてしまった。ぽつりときたときにすぐに東屋《あずまや》に避難したはいいものの、今度は出られなくなってしまった。

「雨、夜からだって言っていたのにねえ」

「ねえ〜こまったねえ〜」

大人の真似をして言う舌足らずな言葉が可愛くてたまらない。ざあざあと雨脚は強くなり、屋根に雨粒が打ち付ける。スマホを見るとじきに四時となるところだった。

「雨雲は……ああ、しばらくやまないのかな。ちょっと待ってみようか」

アプリで天気を確認して、きゅっとつなぐ手に力を込める。ふたりの母たちはすでに帰宅していて濡れていないらしいけれど、心配の連絡がきていた。雨宿りしているから大丈夫、と返信する。

「あ、澄音、さむくない？」

「しゃむくないよ」

「よかった」

とはいえ心配で、自分のカーディガンを澄音の肩にかけた。まだ澄音は身長が九十センチほどなので、これだけでロングコートのようになる。澄音はうれしげに頬を上げて「ママみたい」とはしゃいだ。

「似合うよ」

「かぁい？」

「可愛いよ」

そう返事をしたその瞬間、スマホが震える。――透吾さんだ。もうお仕事終わったのかな？

通話ボタンをタップするや、端的に用件だけを伝えられる。

『天音。どこにいる？』

「ええと、公園の東屋です。雨宿り」

『そうか』

短い返事の後、すぐに通話は切れた。

「ぱぱー？」

「うん」

澄音に返事をしつつ、笑う。

「迎えに来るって」

まあ、そんなことひと言も言っていないのだけれど――彼は来るのだ。

しばらく待っていると予想通り、傘を持った透吾さんが遊歩道を歩いてくるのが見えた。

「あっパパ！　パパ！　おーい」

澄音がはしゃいで東屋から飛び出しかける。慌てて引き留めようとする前に、透吾さんがさっと傘を傾けて澄音が濡れないよう手を伸ばした。おかげで透吾さんは雨に濡れたけれど、気にするそぶりはない。

なにしろ透吾さん、口にこそ出さないものの、澄音を溺愛しているのがひしひしと伝わってくるのだ。そっと澄音を抱き上げて屋根の下に戻し、透吾さんも傘を畳む。

「わざわざすみません」

私をちらりと見て、透吾さんは自分の上着を私の肩にかけてくる。

「わ、大丈夫ですよ」

私の返事はどうでもいいかのような顔をして、透吾さんは澄音を抱き上げた。

「車、停めてある」

「はい」

傘を渡されつつうなずく。

公園脇のパーキングメーターに停めてあるうちの車は、国産のミニバンだ。……昔から透吾さんを知っている人がこれを目にしたら、目を剥いて驚くだろう。貴志川透吾がファミリー向けミニバン？って。

でも私がふたりめを妊娠しているのが発覚するやいなや、透吾さんはなんの迷いもなく、おそらくかなりこだわって選んだはずのSUVを躊躇なく手放した。子どもふたり乗せるには手狭だって……。

透吾さんは澄音を抱っこして片手で傘をさし、ゆっくりと歩く。妊婦の私に歩調を合わせてくれているのだ。

「それでね、きのうね、だんごむしがね」

澄音のつたないおしゃべりを、透吾さんは真剣な目で聞いている。過去のことは全部〝昨日〟で、時系列も主語もない、ときおり空想が入り混じる二歳の女の子の話を、真っ直ぐに聞く。かつて、映画を『他人の作り話』とまで言い放った人が、二歳の空想に真摯に耳を傾けているのだ。当時の私がこれを見たら、かなり驚愕してしまうと思う。

そして、澄音はそれがうれしくて、また一生懸命にしゃべる。透吾さんはしっかりとそれをまた聞いて――そんなの、愛がなくちゃできないことだ。

簡単に私たちへの愛情を言葉にしない彼だけれど、ちゃんといつだってその気持ちは伝わってきていた。

帰宅後、お風呂と夕飯を済ませると澄音はコテンと眠ってしまった。たっぷりもんじゃ焼きのお店でも遊んでもらって、公園で雨まで降ってきたのだから疲れているだろう。

「ふふ、可愛い」

私は眠る澄音の頭をなでる。すう、すう、と幼児特有のぽんぽこのお腹が規則的に上下した。寝室を覗きに来た透吾さんが、無言でそっと澄音の額をなでた。私はこっそりと微笑む。

ふたりで寝室を出てソファに並んで座り、ニュースを見ていると、ふと透吾さんが私を抱き上げ彼の膝にのせる。

「透吾さん？」

振り向いて聞いてみるけれど、彼はなにも答えない。ただ私を抱きしめ、額を私の肩にのせている——ちょっと疲れているのだろう。なにしろ医師としての仕事に加え、副院長として経営にも関わり始めているのだから。

私はそっと彼の手に自分のものを重ね、手の甲をなでた。

「お疲れさまです」

透吾さんは小さく「ん」とだけ答えた。

窓の外からはさあさあと優しい雨の音がしている。私は愛おしい人に抱きしめられ、すぐ近くで最愛の娘がすやすやと眠っていて、そうして——お腹の中で、ポコンとあかちゃんがお腹を蹴ってくる。……いやまあ、ポコンなんて可愛いものではないんだけれど。

「天音」

透吾さんが小さく私を呼ぶ。

「はい、透吾さん」

私も答える。ただ、それだけ。それだけのことが、とても得がたくて幸せなことのように思えて――。

「大好きです」

私の言葉に、俺もだよなんて甘いことを言う人ではないけれど――でも、彼が本当にうれしそうに私を抱きしめる手に力を込めたから。

愛おしくなって、そっと頬に口づける。素直に言えない彼の代わりに、たくさん「愛してる」って伝えてあげなきゃね。

「……なんだ？」

「ふふ、なんでもないですよ」

「出会った頃から思っているんだが、君のその含みのある態度が気に入らない」

「そんなところが好きなくせに？」

「……なにを言っているんだか」

そう言いながらも、私の頭や頬や唇に、お返しのようにキスが降ってくる。

お互いに触れるだけのキスを繰り返すうち、抱っこされて温かくて、私も少し眠くなってくる。

「寝ていていい」

低く優しい彼の声に、私は甘えることにする。透吾さんに寄りかかり、目を閉じて——やがて本格的なまどろみになった頃、彼が私を抱き上げたのがなんとなくわかる。

ゆらゆら、と揺れて、ベッド、澄音の隣に横たえられて。

そうして彼は結婚初日にしてくれたように、布団をきっちり肩までかけてくれる。

そうして髪の毛をそっと整え、額を優しくなでてくれた。

愛されているのだと、はっきりとわかる仕草だった。


結婚当初は、こんな日がくるだなんて思ってもみなかった。

あの日の私に、伝えたい。

あなたは愛されていますよって。

きっとあなたは「あんな悪辣な男に？」ってびっくりするだろうけれど。

その悪辣な男は、意外なことに真っ直ぐで芯のあるかっこいいドクターなの。不器用なところもあるけれど、そんなところも愛おしいの。

そんな彼に愛されて、——世界一素敵な旦那様に、愛されて幸せなんだって。

「愛してる」

そう呟いたのは、私の寝言だったのか。

それとも、彼の声だったのか――判然としないまま、私は眠りに落ちていく。

額をなでている、優しい手の温もりに、すっかり安心して、落ちていく。

了

特別書き下ろし番外編

恋物語の、その後は

わたしの名前は貴志川澄音。今は中学二年生で、私立の中高一貫女子校に通ってる。本当は友達も多い地元の公立に行きたかったんだけど、男の子と話してるとパパが世界の終わりを目撃したような目をするから、仕方なくね。

まあうちのパパはそれを態度に出したりしない。なんでかは知らない。照れ屋なんだと思う、わたしからしたらね。まあ見てたらバレバレだから素直になったほうがいいよね。大人ってよくわからない。

友達はみんなかっこいいとかイケオジとかクールすぎる、とかってパパを見るたびにキャアキャア言うけど、正直ふつーのお父さんだと思う。娘から見てもママを異常なくらい溺愛している以外はってことだけど。ママはそれを普通のことだと思ってるからそれはそれで変。パパは多分、ママがお箸以上に重いものを持ったら死ぬと思ってる。パパがいないところでは「よいしょ」ってお米の袋持ったりしてるんだけどね。

月一のふたりきりのデートだって欠かさない。お姫様みたいにエスコートされていくママを見てると、わたしも早く彼氏が欲しいなあなんて思う。実はちょっと気になる他校の子がいて、うまくいきそうなんだけど……まあパパに彼氏できたなんてバレたらパパの目が死んじゃうから、ママにだけ教えてあげようかな。

「何書いてんの？」

リビングのテーブルでわたしの背後からこれ——つまり家族の説明についての作文を覗き込んだのは、弟の晶吾《しょうご》。小学五年生。

「作文？　ええ澄音、彼氏のことなんて作文に書くのかよ」

「下書きだからいいでしょ」

わたしはそう言ってノートを閉じた。たしかにさっき書いたのは学校には出せないな。ママは普段しっかりした奥様って感じだから、お姫様みたいだなんて、イメージと違うこと書かれたくないかもしれないし。

「進学校の総合学年一位が書く文章なわけ、それ」

「だから、下書きだって……じゃあ、普通に『うちのお父さんは新宮総合病院の院長をしています。お母さんも経営に関わっていて、いつも忙しそうです』とかって書く？　それとも『お父さんは、今は日本全国の病院を支配するという野望の実現に日々取り組んでいます』とか？」

「なんだよそれ、野望って魔王かよ。父さん悪者じゃん」

「でもママ、それがパパの野望なんだって言ってたよ」

「ふうん」

晶吾はあまり興味なさそうな顔をして、テレビの前のソファに戻っていった。

私はノートを開き「野望というのは、日本全国の病院を改革し医療の底上げを図るということらしいです」とメモをして、よく意味がわからないなあと思う。患者さんのためだけじゃなくて、お医者さんや看護師さん、いろんなスタッフさんの職場環境改善とか、そういうものも含むらしい。わたしは世界とか社会をまだよく知らないから、いまいち実感できないんだよね。働くのって大変なのかなあ。よくママには「これ買うのにどれだけパパががんばってるか考えなさい」って怒られるし……でもまあ、きっとそのうちわかるようになると思う。だってわたしだっていつか大人になるってわけ。

……大人、ね。つまり、将来ってこと。

「ううん、作文の締めは、わたしもお父さんみたいな腕のいいドクターになりたいです、なんだけどね」

ぽつりと呟きながらシャーペンを回した。勉強はなんでも得意だけど、まったく、こういうのは苦手。まあ苦手なことがちょっとくらいあるほうが、可愛げってものがあるんじゃないかななんて打算的に思ってたりするんだけどね。もちろん他校の彼に相談するためにだよ。アドバイスくれないかな、なんて言ってカフェに呼び出しちゃおうかな？

「ふふふふ……」

「ねえちゃんが、父さんが悪だくむときと同じ顔してる」

ソファから弟が失礼なことを言ってよこした。

「悪だくみをする、ね。それからあんな悪い顔してませーん」

晶吾の日本語と認識を訂正したところで、玄関のドアが開く音が聞こえた。今日は月に一回、ママがお姫様になる日だ。

「ただいまあ」

ママの楽しそうな声がする。

「おかえり！」

晶吾がリビングを飛び出していった。お土産目あてなのはわかってるけど、ふたりのデートの後のお土産は美味しいものが多いから、わたしもついついワクワクで玄関まで迎えに出てしまう。

「わ、やった。ケーキだ！」

晶吾がパパの持っている白い箱を見てはしゃいだ声をあげる。パパはケーキの箱すらママに持たせない。そしてこのケーキは、ママのお気に入りの洋菓子店のものだ。ありとあらゆる場面で〝天音《ママ》ファースト〟なのがパパクオリティなのだ。

「いい子にしてた？」

「うん。わたしは宿題終わらなかったけど」

「あら珍しい」

「作文だから」

「見てやろうか」

パパが話に入ってきてギョッとする。だめだめ、他校の彼のことバレちゃうじゃん。

「い、いい。パパは絶対に見ないで」

「……そうか」

心なしか、パパの瞳に悲しみがよぎる。うう、パパ、ごめんって。でもあれは見せられないよ。

「そういう年頃なのよ」

洗面所に向かうパパの背中に、ママが優しく声をかけるのが聞こえた。パパの「気にしてないけど？」みたいな咳払いも。

それからパパはママの腰を引き寄せて、そっとこめかみにキスをしている。耳もとでなにか囁き合ったり、クスクス笑い合ったり、なんていうか、この人たち倦怠期なんてないんだろうなあ！　ちょっとうらやましいんですけど。

ふと、ふたりは付き合ったとき――結婚してるってことは、最初はそうだったんでしょ？――どんな感じだったのかな、なんて思う。他校の彼はなんだか私に甘くて、急に呼び出したってすぐ来てくれるけど、パパもそうだったのかな。パパのことだから、呼び出される前に待機とかしたりしてそう、怖、と想像してこっそり笑った。

……なんとなく気になって、わたしはその日ママに「久しぶりに一緒にお風呂入ろうよ」なんて甘えてみた。ママはとってもうれしそう。

そうして、湯船にふたりで浸かりながら聞いてみた。

「パパって、付き合ったときからあんな甘々だったの？」

ママはきょとんとして、それから思い切り吹き出した。

「パパとは付き合ってないよ」

「え？　お見合いだったの？」

知らなかったな、と目を瞬いた。まあママはお嬢様だから……ってわたしも割とそうなんだけれど、そういう出会いもありかあ。

「ううん、お見合い……といえばお見合い？」

「じゃあどうやって結婚したの」

「脅迫されて」

わたしはポカンとしてしまう。ママはお風呂で温まっているせいか、頬を少し赤くしながら楽しげに笑っている。

「きょ、脅迫う？」

思わず声が裏返ったわたしに、ママは「こっそり」って感じで声をひそめた。

「知りたい？　なんでママがパパと結婚したのか」

「うん！　聞かせて聞かせて」

ママは懐かしむように目を細める。湯気でぼんやりして、なんだか普段よりママがちょっと少女みたいに見えた。初恋について語る女の子みたいな、ね。

そうしてママは語りだす。

ふたりの、脅迫から始まった恋物語を。

――きっとそれは、これからも、永遠に続いていくだろうふたりの恋物語だ。

了

あとがき

にしのムラサキです。このたびは本作品を手にとっていただきありがとうございました。

悪い男、とお話をいただいた当初、「書けるかなあ」と一瞬不安になりました。私の他のお話を読んでくださっているかたはご存じかと思いますが、クールスパダリより基本的に真面目で恋愛には不器用なヒーローが得意分野です。(自分のなかでは)

そこで編集様からも本当にたくさんのアドバイスをいただき、結果的に、「悪い男」の透吾さんはとってもかっこいいヒーローになってくれたのではないかなと思います。

いかがだったでしょうか。少しでも楽しんでいただければ幸いです。

また、さんば先生にはとても素敵なヒーロー&ヒロインを描いていただきました……!

そして毎度のごとく、編集様及び編集部様には今回もご迷惑をおかけしました……！　なにかとありがとうございました。

最後になりましたが、関わってくださったすべてのかたにお礼申し上げます。なにより読んでくださる読者様にはいつものごとく何回お礼を言っても言いたりません。

本当にありがとうございました。

にしのムラサキ

にしのムラサキ先生への
ファンレターのあて先

〒104-0031
東京都中央区京橋1-3-1
八重洲口大栄ビル7F
スターツ出版株式会社　書籍編集部　気付

にしのムラサキ先生

本書へのご意見をお聞かせください

お買い上げいただき、ありがとうございます。
今後の編集の参考にさせていただきますので、
アンケートにお答えいただければ幸いです。

下記URLまたは二次元コードから
アンケートページへお入りください。
https://www.ozmall.co.jp/enquete/IndexTalkappi.aspx?id=2301

冷酷な天才外科医は湧き立つ激愛で新妻をこの手に堕とす

2024年10月10日　初版第1刷発行

著　　者　にしのムラサキ

発 行 人　菊地修一
デザイン　hive & co.,ltd.
校　　正　株式会社文字工房燦光
発 行 所　スターツ出版株式会社
〒104-0031
東京都中央区京橋1-3-1　八重洲口大栄ビル7F
TEL　03-6202-0386（出版マーケティンググループ）
TEL　050-5538-5679（書店様向けご注文専用ダイヤル）
URL　https://starts-pub.jp/
印 刷 所　大日本印刷株式会社

Printed in Japan

ISBN 978-4-8137-1646-4　C0193

ベリーズ文庫 2024年10月発売

『航空王はママとベビーを甘い執着愛で囲い込む【大富豪シリーズ】』葉月《はづき》りゅう・著

空港で清掃員として働く芽衣子は、海外で大企業の御曹司兼パイロットの誠一と出会う。帰国後再会した彼に、契約結婚を持ち掛けられ!?　1年で離婚もOKという条件のもと夫婦となるが、溺愛剥き出しの誠一。やがて身ごもった芽衣子はある出来事から身を引くが――誠一の一途な執着愛は昂るばかりで…!?

ISBN 978-4-8137-1645-7／定価781円（本体710円＋税10%）

『冷酷な天才外科医は湧き立つ激愛で新妻をこの手に堕とす』にしのムラサキ・著

院長夫妻の娘の天音は、悪評しかない天才外科医・透吾と見合いをすることに。最低人間と思っていたが、大事な病院の未来を託すには彼しかないと結婚を決意。新婚生活が始まると、健気な天音の姿が透吾の独占欲に火をつけて!?「愛してやるよ、俺のものになれ」――極上の悪い男の溺愛はひたすら甘く…♡

ISBN 978-4-8137-1646-4／定価770円（本体700円＋税10%）

『一度は諦めた恋なのに、エリート警視とお見合いで再会!? ～最愛妻になるなんて想定外です～』吉澤紗矢《よしざわさや》・著

警察官僚の娘・彩乃。旅先のパリで困っていたところを蒼士に助けられる。以来、凛々しく誠実な彼は忘れられない人に。3年後、親が勧める見合いに臨むと相手は警視・蒼士だった！　結婚が決まるも、彼にとっては出世のための手段に過ぎないと切ない気持ちに。ところが蒼士は彩乃を熱く包みこんでゆき…！

ISBN 978-4-8137-1647-1／定価770円（本体700円＋税10%）

『始まりは愛のない契約でしたが、パパになった御曹司の愛に双子ごと捕まりました』蓮美《はすみ》ちま・著

幼い頃に両親を亡くした萌。叔父の会社と取引がある大企業の御曹司・晴臣とお見合い結婚し、幸せを感じていた。しかしある時、叔父の不正を発見！　晴臣に迷惑をかけまいと別れを告げることに。その後双子の妊娠が発覚し、ひとりで産み育てていたが…。3年後、突如現れた晴臣に独占欲全開で愛し包まれ!?

ISBN 978-4-8137-1648-8／定価781円（本体710円＋税10%）

『冷血悪魔な社長は愛しの契約妻を誰にも譲らない』晴日青《はるひあお》・著

円香は堅実な会社員。抽選に当たり、とあるパーティーに参加するとホテル経営者・藍斗と会う。藍斗は八年前、訳あって別れを告げた元彼だった！　すると望まない縁談を迫られているという彼から見返りありの契約結婚を打診され!?　愛なき結婚が始まるも、なぜか藍斗の瞳は熱を帯び…。息もつけぬ復活愛が始まる。

ISBN 978-4-8137-1649-5／定価770円（本体700円＋税10%）

ベリーズ文庫 2024年10月発売

『君がこの愛を忘れても、俺は君を手放さない』麻生《あそう》ミカリ・著

カフェ店員の綾夏は、大企業の若き社長・優高を事故から助けて頭を打つ怪我をする。その日をきっかけに恋へと発展しプロポーズを受けるが…。出会った時の怪我が原因で、記憶障害が起こり始めた綾夏。いつか彼のことも忘れてしまう。優高を傷つけないよう姿を消すことに。そんな綾夏を優高は探し出し――「君が忘れても俺は忘れない。何度でも恋をしよう」

ISBN 978-4-8137-1650-1／定価781円（本体710円＋税10%）

『処刑回避したい生き残り聖女、侍女としてひっそり生きるはずが最恐王の溺愛が始まりました』坂野真夢《さかのまむ》・著

メイドのアメリは実は精霊の声が聞こえる聖女。ある事情で冷徹王・ルークに正体がバレたら処刑されてしまうため正体を隠して働いていた。しかしある日ルーク専属お世話係に任命されてしまう！　殺されないようヒヤヒヤしながら過ごしていたら、なぜか女嫌いと有名なルークの態度が甘くなっていき…!?

ISBN 978-4-8137-1651-8／定価781円（本体710円＋税10%）

ベリーズ文庫 2024年11月発売予定

Now Printing

『一夜の恋に溺れる　愛なき政略結婚は幸せの始まり【大富豪シリーズ】』佐倉伊織《さくらいおり》・著

政略結婚を控えた梢は、ひとり訪れたモルディブでリゾート開発企業で働く神木と出会い、情熱的な一夜を過ごす。彼への思いを胸に秘めつつ婚約者との顔合わせに臨むと、そこに現れたのは神木本人で…!?　愛のない政略結婚のはずが、心惹かれた彼との予想外の新婚生活に、梢は戸惑いを隠しきれず…。

ISBN 978-4-8137-1657-0／予価748円（本体680円＋税10%）

Now Printing

『タイトル未定（海上自衛官×シークレットベビー）』田崎《たさき》くるみ・著

有名な華道家元の娘である清花は、カフェで知り合った海上自衛官の昴と急接近。昴との子供を身ごもるが、彼は長期間連絡が取れず、さらには両親に勘当されてしまう。その後ひとりで産み育てていたところ、突如昴が現れて…。「ずっと君を愛してる」熱を孕んだ彼の視線に清花は再び心を溶かされていき…！

ISBN 978-4-8137-1658-7／予価748円（本体680円＋税10%）

Now Printing

『キスは定時後でお願いします！』高田《たかだ》ちさき・著

ド真面目でカタブツなOL沙央莉は社内で"鋼鉄の女"と呼ばれている。ひょんなことから社長・大翔の元で働くことになるも、毎日振り回されてばかり！　ついには愛に目覚めた彼の溺愛猛攻が始まって…!?　自分じゃ釣り合わないと拒否する沙央莉だが「全部俺のものにする」と大翔の独占欲に翻弄されていき…！

ISBN 978-4-8137-1659-4／予価748円（本体680円＋税10%）

Now Printing

『このたび、夫婦になりました。ただし、お仕事として！』一ノ瀬千景《いちのせちかげ》・著

会社員の咲穂は世界的なCEO・櫂が率いるプロジェクトで働くことに。憧れの仕事ができると喜びも束の間、冷徹無慈悲で超毒舌な櫂に振り回されっぱなしの日々。しかも櫂とひょんなことからビジネス婚をせざるを得なくなり…!?建前だけの結婚のはずが「誰にも譲れない」となぜか櫂の独占欲が溢れだし…!?

ISBN 978-4-8137-1660-0／予価748円（本体680円＋税10%）

Now Printing

『タイトル未定（CEO×身代わりお見合い）』宇佐木《うさぎ》・著

百貨店勤務の幸は姉を守るため身代わりでお見合いに行くことに。相手として現れたのは以前海外で助けてくれた京。明らかに雲の上の存在そうな彼に怖気づき逃げるように去るも、彼は幸の会社の新しいCEOだった！　「俺に夢中にさせる」なぜか溺愛全開で迫ってくる京に、幸は身も心も溶かされて——!?

ISBN 978-4-8137-1661-7／予価748円（本体680円＋税10%）

タイトル、価格等は変更になることがございますのでご了承ください。